JN103007

龍仁庵のおもてなし

龍神様と捨て猫カフェはじめました

藍川竜樹

SKYHIGH文庫

龍仁庵のおもてなし

龍神様と捨て猫カフェはじめました

目次

人物紹介
蒲《がも》生《う》梓《あずさ》
通称:オーナー。見た目ラテン系の
オネエ。店や祠がある一帯の地主。
鷹《たか》見《み》賢《けん》一《いち》
郁斗の学生時代の友人で、有名
パティスリーのオーナーパティシエ。
朱《あか》里《り》
27歳の元できるOL。
現在は漫画家。
龍《りゅう》神《じん》様《さま》
店の裏にある祠に祀られている。
猫達のために郁斗に力を貸す。
小《こ》雪《ゆき》
上品な白猫。眼は黄色。
首に色あせた紅の組紐を
結んでる正統派美猫。

シンヤ
20歳の若手俳優。龍仁庵の猫・茂吉が主演ドラマに起用された縁で知り合う。
未《み》礼《れい》
ミッション系女子高に通うお嬢様。自宅をドラマのセットとして貸し出している。
林《はやし》美《み》智《ち》子《こ》
70代前半の上品な老婦人。店の常連さんの紹介で訪れる。
内《うつ》海《み》郁《いく》斗《み》
26歳。猫カフェ「龍仁庵」の店長。元サラリーマンで猫の餌付けをきっかけに龍神様と知り合う。
茂《も》吉《きち》
白地に黒ブチのデブ猫。ブサカワで、妙に愛くるしい。

イラスト：サマミヤアカザ

第一話　猫とドッグフード

―〈猫茶房《ねこさぼう》　龍仁庵《りゅうじんあん》〉のスペシャリテ―

おいしそうに食べる誰かの顔を見ると、どうして心がほかほかするのだろう。

そしてその逆は、何故……。


朱里《あかり》はため息をつきつつ、家路をたどっていた。

季節は冬。新しい年を迎えてまだ五日、世間はお正月気分のままだ。そんな中、アラサー独り身女の暗い顔は浮いている。

去年は朱里も会社の同期と初詣《はつもうで》に行っていた。が、今年はさすがに断った。なのに洒落《しゃれ》た洋風の家や店が立ち並ぶ目黒のこの街も、歩いてみるといたるところに和の正月飾りや新春を寿《ことほ》ぐ気配が残っていて、今の朱里には居心地が悪い。

早く帰ろう。まだあの子が待っ・て・く・れ・て・い・る・はずの家へ。

コートの襟をかきあわせ、早めた足がふと止まる。

(あ、ここ、完成したんだ……)

神社の脇にあった、古い民家。

大正時代に建てられたという二階家は、和の風情を生かして雑貨店や蕎麦屋になることが多かった。が、妙に店子がいつかない。ここしばらく『改装中です』とシートが張られて業者が出入りしていたが、今日はシートが外されている。工事の音もしない。

門の中、木立に囲まれた飛び石の先をのぞいてしまったのは、何かの導きだったのか。

「〈猫茶房《ねこさぼう》　龍仁庵《りゅうじんあん》〉？」

古めかしい格子戸《こうしど》には、藍《あい》の地に白く店名が染め抜かれた暖簾《のれん》がかかっていた。茶房というからには喫茶店？　では〈猫〉の字は何だろう。

猫、食べ物のお店。

つきん、と胸に痛みが走る。それでも戸に手をかけたのは、藁《わら》にもつかまりたい気分だったから。

「ごめんくださーい……」

見た目より軽い戸を引き開けると、ふわりと鼻をくすぐる淹《い》れたての珈琲《コーヒー》の薫り。

中は外と同じく和のしつらえだった。入ってすぐは黒光りする御影石《みかげいし》の土間。右手には待合だろうか。縁台のような黒木の椅子があって、可愛い丸い座布団が並んでいた。

そして、何故か目の前には。

内への侵入を阻むかのように胸の高さの格子扉がある。

「にゃおん」

いらっしゃいませ、の代わりに、猫の声が聞こえた。見ると受付カウンターなのか、格子の向こうの高くなった台に白猫が一匹すわっている。

（可愛い……）

まんまるなお月様のような眼。首に巻かれた紅《くれない》の組紐は少し色褪せているが、思わずこちらがぺこりとお辞儀したくなる品の良い猫だ。

「あら、いらっしゃいませ。お客様かしら？」

猫の背後、格子の奥へと続く土間の向こうから、低い心地よいバリトンの声がして、渋い口髭にオールバックの男が現れた。

今にも情熱のタンゴを踊りだしそうなラテン系。着ている服も洋画のレット・バトラーじみたコロンの香る高価そうなツイードジャケット。完璧なセレブだ。

なのに口調はオネエ。

圧倒されていると、男の肩に、上からぴょんと猫が飛び降りた。

「子猫？」

黒い小さな体が足を踏ん張ってしっぽを揺らしている。さっき挨拶してくれたのとは別の猫だ。どうやらこちらと奥をへだてる格子をよじ登って、男の肩にダイブしたらしい。

何匹いるのだろうと奥をうかがうと、屋内の明るさに慣れた眼に、信じられない数の猫たちが映った。三毛にキジトラに白黒に。一見、雑種《ミックス》ばかりだが、それだけに親しみのある毛並みの猫たちが、机の下や椅子の上で遊んでいる。猫の洪水だ。

互いに追いかけっこをしたり、我関せずと横手の畳の上で丸くなったり。

辺りは一面、猫、猫、猫、猫。

可愛すぎる光景に、朱里は動けなくなる。

「あっ、駄目よ、クロ。郁君《いっくん》、ここ一枚扉に改装しないと、子猫だと外に出ちゃう」

「まじっすか。体重軽いからカーテンでも登っちゃうからなあ。クロ、柵の向こうは危ないから、猫は行っちゃいけないんだってば。オーナー、すぐ行くんでつかまえててくださいっ」

黒っぽい和風シャツにエプロン姿の青年が、これまた猫を二匹、脇に抱えて顔を出す。

最初のラテン系男の隣にくると、余計に際立つ小柄な和風顔。

和風ではなくしょうゆ顔？　いや、しょうゆよりもさっぱり透明感のある雰囲気だ。お塩？　お出汁《だし》？　違う。もっと、ほっこり小粒で可愛くて、甘すぎない……。

「あんみつ男子……！」

四角い寒天《かんてん》と、キラキラした小豆《あずき》。目の前の和風男子にぴったりな形容が浮かんで、朱里は思わず声に出していた。

「え？　あんみつ？」

キョトンとした顔をされて、朱里はあわてた。違うんです、と手を振る。

「ごめんなさい、最近少し寝不足でぼーっとしてて。それよりここはお店ですか？」

「あ、こちらこそすみません。店の宣伝に暖簾は出したのに、札をかけるの忘れてて」

あんみつ男子が左手の棚から〈一月十五日オープン！〉と書かれた札を取り出す。

やはりここはお店で合っているらしい。

ショーケースや飾り棚はないが、格子柵の向こうは片側が土間にテーブル席、もう片側はソファやクッションを配した畳部屋になっているようだ。

そして何故か一番奥のテーブルに、烏帽子狩衣《えぼしかりぎぬ》の平安貴族がすわっている。

月のように玲瓏《れいろう》とした美貌、結わずに流した濡羽色《ぬればいろ》の髪。

金泥《こんでい》を配した屏風絵《びょうぶえ》や、豪奢な絵巻物から抜け出したような、目を見張る美しい青年だ。

狩衣は清らかな白綾《しらあや》だが、黒地に金の柳葉《やなぎば》模様の指貫《さしぬき》が艶《なま》めかしい。

目が合うと、彼は優雅に扇《おうぎ》をゆらめかせてそっぽを向いた。

（あ、欠伸《あくび》した……）

見ようによっては失礼な態度なのだが、彼の場合はそんなつれない仕草がますます典雅に見える。気まぐれな猫のようだ。それでいて、その膝にも肩にも、どうやってのっているのか烏帽子の上にまで猫がいて、にー、にー、なつかれている様が微笑ましい。

可愛すぎる猫たちと、趣《おもむき》の違うイケメンたちがいるお店。

いったいここは。

とまどう朱里に、あんみつ男子がきらきらと人懐こい小豆のような笑みを見せる。

「ここは猫カフェなんです。オープンは十日後なので、もしよかったら来てください」

カウンターから出した、お店の名刺を渡される。

片側は藍、片側は白。

くっきり色分けされた紙面の藍の部分に、座った猫と格子戸をデザインした丸いマーク。

「可愛いでしょ。私がデザインしたのよ」

うふっとラテン男がしなをつくる。その言葉に、オープン前の店に入ってしまったことにようやく思い至った朱里は、頬を紅くした。

「す、すみません、すぐ出ていきますから……」

「あ、いいんですよ、もしよかったら猫たちを見ていってください。今日はもともとプレオープン日で、誰かお客様役が欲しかったので」

あんみつ男子に引き留められて、つい目を向けた店内に、白に茶ブチの太った猫がいた。

満足そうに目を細めて、ご飯を食べている。

ここの猫たちは皆、元気だ。そして幸せだ。

(私、ここに何を期待したの？)

もう見ていられない。朱里は顔を背けると急いで外へ出た。

猫たちから、逃げたのだ。

1

「……これって、逃げられたのよね」

今日は〈猫茶房　龍仁庵〉、記念すべき初暖簾上げの日。

初めてのお客様が去った猫だらけの空間で、オーナーが地を這うような声を響かせた。

「ねえ、逃げられた、逃げられたのよね、郁君。お客様第一号なのにいきなり逃げられるってどういうこと？　開店前からこんなことでやっていけるのこのお店っ」

「いえ、逆に開店前だからあの人も帰られただけで、別におかしなことじゃないと思いますけど……」

頭を抱え、おお、神よ、と嘆くオーナーに、店長である内海郁斗《うつみいくと》はおそるおそる声をかける。が、返事より先にいきなり胸倉をつかまれた。

「何をのんきなこと言ってるの、郁君。彼女ったら明らかに〈みー君〉を見て出てったわよ。まったり楽しむのが前提の猫カフェなのに、肝心の猫たちは皆、暴食中か暴走中。だからあきれて帰っちゃったのよっ」

「オ、オーナー、苦しいですっ、身長差が。それに猫にあきれてってのはあり得ないですよ。うちの子たちはこんなに可愛いんですから」

自信を持って言うと、オーナーと一緒に改めて茶ブチ猫のみー君を見る。食事中だ。もんぎゅもんぎゅと皿に顔を突っ込んで、餌を追う姿が愛らしい。ピンクの小さな舌が一生懸命動いている。たまにほどよい肉の塊があると嬉しそうに噛みついて、眼は満足そうに細くなる。塊がころころ皿の中で動いてしまうのに、我慢しきれずに前足が出てしまう。

みー君が視線に気づいて顔を上げた。まだ皿に缶詰餌が残っているのに、口の周りを舐めつつ、何か他においしいものがあるの？　もっとちょうだい、とこちらを見上げている。

あざとい。

あざとすぎる可愛さだ。

たとえみー君がとっくに自分の餌を食べ終え、今は三皿目。他の猫を押しのけて餌を横取りしているデブ猫だとしても、可愛いものは可愛い。いつまでも見ていられる。

「……確かに可愛いわ。それは認めるわ」

オーナーが厳かに言った。

「ただね、普通、猫カフェの猫といえばもっとおとなしい、見栄えのいい子を集めるものでしょ。駅前の大手チェーン猫カフェなんて、〈人気の猫種をそろえました〉って看板立てて、がんがん集客してたわよ」

「ええ、行ったんですか、オーナー」

「ええ、行ったわよ。だって一月の差で先にオープンした競争店よ？　しかもあちらは駅近、大型ペットショップ前って好ロケーション。住宅街の奥で神社の横手の木立の中なんて目立たないこの店じゃ、立地の段階で完全に負けてるし、気になるじゃない！」

だからといって男性一人で猫カフェに乗り込むとは、オーナーの愛は熱い。

「またこれが行儀が良くて可愛い子ばかりで。私、本気で店貸し切って豪遊しようかと思ったわよ。それに比べてうちは。これで本当にオープンできるの、郁君？」

「……その予定、なんですけど」

今度は自信なげに、郁斗は周囲を見回す。

ここはいわゆる猫カフェ。

郁斗が脱サラをして始めた大事なお店だ。

猫と一緒に遊んだり、可愛い姿を眺めながらお茶が楽しめると人気の猫カフェは、台湾で誕生したという。日本に登場したのは二〇〇〇年代の初め。

今は猫スタッフ全匹そろっての、ブランチタイム。

本格オープンを前に、ここを格安で貸してくれたオーナーを招いてのプレオープン。

なのにお皿を並べたはいいものの、暴走状態だ。他の猫カフェで見るような、〈ずらりと並べた皿にそれぞれが顔を突っ込んで食べるの図〉が存在しない。

「食事タイムは動物園や水族館でも人気の撮影タイムよ。なのにうちはどうしてこうなの」

「それは、その、育ちの問題としか」

ここの猫たちは皆、元は自由な野良猫や地域猫。決まった時間に皆で食事をとる習慣がない。自分の名が書かれた皿で食べている猫はほぼゼロだ。

「一応、好みとか齢とか考えてそれぞれ違う餌を入れたんですけど、無駄だったみたいで」

「それにしてもねえ。犬と違って、待て、ができないのが猫ってわかってるけど、これはちょっとフリーダムすぎない？」

「でもそこがまた可愛いんですよね。いかにも、猫って感じで」

「わかるわあ。私も何回も見に来ちゃうもの。叱れないわよねぇ」

頬に手を当てたオーナーの顔もめろめろだ。

「けどね、郁君。大家《大家》と店子《たなこ》といえば親子も同然。親は子を千尋《せんじん》の谷に蹴り落とすというわ。私はここのオーナーとして、賃料を取り立てる義務があるの。だからね、このお店の経営状態がとっても気になるの。そのうえで聞きたいのだけど、あのお貴族様バイトはいったい何かしら？」

オーナーが、くいっと眼で示すのは、窓際に座る平安装束の青年だ。

まずい。やはり突っ込みが入ったか。郁斗の背に冷や汗が流れる。

「彼、私が来てから欠伸する以外、一ミリたりとも動いてないわよね。接客業の人とは思えないんだけど」

「あの、龍神様《りゅうじんさま》、あ、いえ、龍《りゅう》さんはこの店の出資者で、バイトではなくて……」

「それは何度も聞いたわ。龍が苗字で、仁《じん》が名前の、龍仁《りゅうじん》さん。まだ若いあなたがお店を出せたのは、素封家《そほうか》である彼の資金援助のおかげだって。猫が好きで店にいるけど、共同経営者扱いで店員じゃないから店仕事はしないのよね？　けどね、そんな区別がお客様につくと思う？　お客様からすれば店にいる関係者は皆店員よ？」

「それはそうなんですけど。龍さんは今まで神域、あ、いえ、家に引きこもっておられたので、人には慣れておられないんです。接客はちょっと難しくて」

「それってニートってこと？　そんな人とあなたの二人だけで本当にこのお店をまわしていけるの？」

「う。それを言われると、痛いです」

郁斗は半年前まで普通の会社員だった。接客業は素人だ。なら応援要員にプロの接客業者を招けばいいのだが、とある〈秘密〉のせいでへたな相手は雇えなくて。

困っていると、逆なでするようにぷいっと龍神様がそっぽを向く。オーナーが切れた。

「あのっ、こちらの味見もお願いします！」

郁斗はあわてて珈琲を差し出した。

特訓を重ねてようやく満足のいく味になった特製ブレンドのドリップ珈琲だ。努力のかいあって、「あら、おいしい」とオーナーが小指を立てて飲んでくれる。

「淹れるのうまくなったわね、郁君」

「ありがとうございます。頑張って講習会、通いまくりました」

フリードリンクではなく、一杯、一杯、丁寧に入れる珈琲は密かな郁斗の自慢だ。

お茶菓子に可愛い一口チョコもつけて、オーナーの矛先がそれてほっとする。が、それも束の間、

「そういえば。さっきはどうしてあのお客様を引き留めたりしたの？」

オーナーがカップをソーサーに戻しながら、別の角度から攻めてきた。

「扉には札をかけ忘れてただけで、今日は私以外、誰も入れる予定はなかったわよね？」

「その、あれは。放っておけなかったというか、準備中の店に入ってもらうのもどうかと思ったんですけど、人ごみに酔われたなら休んでいかれたほうがいいかなと思ったので」

「人ごみ？」

「はい。あの方、顔色が悪かったでしょう？　足もふらついてたし。俺、名刺を渡しましたから。その時かすかに薫ったんです。常香炉《じょうこうろ》の香りが」

常香炉とは寺や神社の境内に置かれた、大きな釜のような香炉のことだ。無病息災を願って、参拝客が煙を体に浴びる。

「今はまだ正月五日。今日は日曜だし、遅い初詣でも有名どころの寺社って人が多いでしょう？　遊び帰りにしては買い物の袋がなかったし、時間も早いし。だから初詣で気分が悪くなって、どこかに座りたくてここに寄られたのかなと思ったんですけど。あの、間違ってたでしょうか？」

説明すると、オーナーが「なるほどねえ」と一人納得している。

「のほほんとして見えて、見るところは見てたのね。あなたのお人よしと紙一重の優しさって、ハラハラするけど。案外、接客向きかもね」

オーナーがやっと、ほっこり褒めるように笑ってくれた。

「けどね、郁君。間違ってたでしょうかって、あなたのお客様のことを私に聞いていいの？」

「え？」

「お客様と絆を結ばないといけないのは、私じゃなく店長のあなたよ、そんな自信のないことでどうするの。自分で答えを見つけなきゃ。あなたがただの雇われ店長で、この店もただの集客目的の猫カフェならそれでもいいけど、そうじゃないでしょ？」

その通りだ。

ここはただの猫カフェではない。郁斗には、この店には〈目的〉がある。

「初めて会った時、あなた私に言ったわね。会社員時代、猫たちに元気をもらったって。おかげで頑張れたって。だから自分もこの店を通して、心疲れた人と猫たちに、居場所と癒《いや》しを与えたいって。私、あの時、柄にもなく感動したのよ？　なら俺は接客素人ですなんて言い訳してないで、もっとお客様に寄り添えるようにならなきゃ」

オーナーの言葉が耳に痛い。もちろん努力する気だし、気持ちも褪せていない。だけど。

郁斗はこそっとオーナーに耳打ちする。

「オーナー、もしかして何かドラマでも見ました？」

「あ、わかる？　昨夜、参考のため熱血料亭細腕繁盛記を少々」

けっこうノリやすい性格のオーナーが、ぽっと頬を紅く染める。

「とにかく。私はあなたの情熱に負けてここを貸したの。お店を存続させたいなら、それだけの努力をなさい」

オーナーが言い切る。

「正式オープンまでに、駅前猫カフェ店に負けないだけのこの店の売りを考えること。お客様にちゃんとアピールできる龍さんの役割もね。それと、あの女性が帰ってしまった理由もよ。これは課題よ。言っとくけど、私、安易に頼られて甘い顔する安い男じゃないわ。課題が達成できなければ将来の見込み無しとして、賃料を正規の値段まであげちゃうから。いいわね、気合を入れなさい、新米店長さん」

おほほほほ、と機嫌よく笑うと。

課題という名のハードルをふりまくだけふりまいて、オーナーは帰っていった。


「うーん、困った。というより気になる」

残された郁斗は頭を抱えた。課題を出されるなんて学生時代以来だ。オーナーのあの口調では、あのお客様は開店前だから帰った、という答えではダメということらしいが。

わからない。オーナーはわかっているようなのに。

(俺ってつくづく観察力がない、っていうか、空気読めないよなぁ)

こんなだから会社でも上司や同僚とうまくやれなかったのだろうか。

グルグル悩んで、思い切って辞表を出して起業した。だから今度こそ頑張りたいのに。

考えつつ郁斗が猫たちの皿を片付けていると、奥の席に座っていたはずの〈龍さん〉が、いきなり、ふっ、と、眼の前に現れた。

ふわりと広がる狩衣の袖《そで》と艶《つや》やかな髪の流れに、一瞬、意識を奪われる。

「うわっ、龍神様⁉」

あわてて落としそうになった猫皿を胸に抱える。龍神様はそんな郁斗に眼もやらず、眩いばかりの美貌の前で優雅に扇を閉じた。いい匂いがする。

『金子《きんす》が、必要なのか』

「え？」

『さきほどの〈おーなー〉との話だ。店の賃料とやらが危ういのであろう？』

問いかける瞳が、妖しい、人ならざる黄金の光を宿して輝いていた。

一瞬で場所を移動したことでもわかるように、この〈龍さん〉、人ではない。

本性は金色の瞳を持つ龍、神様なのだ。

そしてこれがへたなバイトを雇えない、郁斗とこの店の秘密だったりする。

龍神様は、はるかな昔にこの辺りで祀《まつ》られていた土地神様だそうだ。いろいろあって郁斗と出会い、猫たちを守るという共通の目的のため、加護を与えてくれた。神通力で金運を招き寄せ、宝くじを当てさせてくれたのだ。だから、

「いえ、龍神様にはじゅうぶん助けていただいていますから」

郁斗は断った。共同経営者といいつつ、開店資金はすべて出してもらった形だ。これ以上、甘えては罰《ばち》が当たる。

が、龍神様は納得しない。

『そなたの慎ましい性《しょう》は好ましい。が、ことは我が猫たちに関わる大事。この店が〈とうさん〉して猫たちが路頭に迷えばなんとする』

「龍神様？」

『〈お～ぷん〉を待つまでもない、雲を呼び、雨を降らせ、その〈えきまえきょうそうてん〉とやらを押し流してくれよう。さすればこの店は無事、栄えよう。問題解決じゃな』

「わー、わー、それ、神としてやっちゃいけないことですっ」

あわてて止める。この龍神様は郁斗と出会った時、すでに友は猫だけ、自ら結界にこもって千年という筋金入りの引きこもりになっていた。そのせいか俺様ニート、あ、いや、人界の事情や善悪にはうといところがある。

「そういう問題じゃなくて。今の俺はもう決められた給料を会社からもらえるサラリーマンじゃないですから。自分で何とかしないといけないんです」

資金繰りに困ったからといって、何度も宝くじを当てさせてもらっては、他の真面目な店長さんたちにフェアじゃない。それに社会的に悪目立ちしてしまうのはまずい。

もし龍神様の存在がばれて、漫画みたいに政府や悪の組織が龍神様を調べようと拉致《らち》でもしたら？　それが龍神様の逆鱗《げきりん》にふれて天災続出、日本沈没なんて大事《おおごと》になったら。

小市民の郁斗としては、そんな恐ろしすぎる未来を招かないためにも、龍神様のことはなるべく隠しておきたい。

「それに、オーナーの言葉はすべてもっともなんです」

ただでさえこの店は駅から少し歩く。ビジネス街や商店街の中というわけでもない。

「同じ内容のサービスを受けられるなら、誰だって行きやすいほうを選びます。わざわざ遠くまで出向こうと思ってくれるリピーター客をつくるには、ここでしか味わえない何か、また味わいたくなる空気やお得感というものを用意しなくてはならないんです」

オーナーはこの辺り一帯の土地を所有し、運用する実業家だ。そんな彼がプレオープンを視察して与えた親心、いや、課題。すべて理由がある。

「競争相手とか、お金のこととかは枝葉で。ようは企業努力しなさいってことで」

『〈きぎょうどりょく〉となß　現世の在り方はめんどうよのう』

龍神様が美しい眉をひそめる。

『で、猫たちのため、〈きょうどうけいえいしゃ〉である我も何かせねばならぬ、と?』

「できましたら」

龍神様はこんな妖美冷酷、俺様傲慢そうな見かけとは裏腹に、猫が大好きだ。だから下賤な人の前に出るのは好きではないが、大事な猫が人に虐められていないか見守るために、営業中は絶対、店にいると主張する。問題はここだ。

「あの、龍神様の要望は俺も理解してますけど。お店におられる間だけでも何か仕事をするふりをしていただくか、姿を人に見えないようにすることってできないでしょうか」

『何ゆえ、我が人のために動いたり、存在を隠す真似をせねばならぬ』

「ですよねえ」

困った。改めて考えるとオーナーの課題の中でこれが一番の難題かもしれない。何しろ龍神様は神様だ。人にかしずかれる側で、人に奉仕する接客業とは真逆の位置にいる。そんな相手にどうやって店にいても不自然ではない態度をとらせればいいのか。

出会ってまだ半年とちょい。相手が神様であることもあり、押しの弱い郁斗は、未だに龍神様に強く言うことができずにいる。それどころか、こちらの事情に耳を傾けてもらえるだけの信頼関係も結びきれていない。

もちろんこれではいけないとわかっている。これから二人で、いや、一柱《ひとはしら》と一人で、人に正体を気取《けど》られないように気を付けつつ、店をまわしていかなくてはならないのだ。互いにもう少し腹を割って話し合い、歩み寄りたい。と、なると。

(龍神様が珍しく話しかけてきてくれた今って、かなりのチャンス……?)

接客業界の金字塔、千葉《ちば》にある大型遊園地でもスタッフをキャストと呼ぶではないか。オーナーの課題について意見交換することで、龍神様にも自分が店という名の舞台にたつ関係者だと自覚をもってもらい、妥協点の在り処を探れたら。

「あの、龍神様、聞いていただけますか、この店の繁栄に対する俺の胸の内を……!」

郁斗は思い切って切り出した。

「その、オーナーの課題の二つ目と三つ目の解決策は今ちょっと思いつきませんが。店の売りなら俺も前からやりたかったことがあるんです。実質、店を一人でまわすことになるので慣れてからと思ってたんですけど。ここはカフェだしフードメニューを出したくて」

食欲は人の三大欲求の一つ。

そこをつくことができればリピーターだってできると思う。

「この店は龍神様もご存知のように前は蕎麦屋で。店の奥に厨房があるんです。だから俺、改築の時もそこはきちんと整備して、保健所の許可ももらいました。だから使わない手はないと思うんです！」

たいていの猫カフェは、猫用おやつはあっても、人用フードはおいていない。郁斗が経営のノウハウを学ぶためにバイトした猫カフェもそうだった。

「だから軽食を出せれば他との差別化ができるはずなんです。ただ、問題は猫たちで」

厨房と店を隔てる猫防止柵を見る。すでに〈みー君〉はじめ重量級の食いしん坊たちが張り付いて、柵が重さでたるんでいる。

彼らの目当ては「どうせばたばたして朝はまだでしょ」とオーナーが差し入れてくれた、猫好きにはたまらないパン屋さん〈グルグルベーカリー〉の幸せのかぎしっぽパンだ。袋に入れたままなのに、匂いを嗅ぎつけたらしい。

この状態で、猫の立ち入り自由な喫茶スペースでケーキを出せばどうなるか。

当然、興味津々寄ってくる。そうなると猫たちの可愛さに負けて、「食べる？」とあげたくなるのが人情だ。けれど、

「人の食べ物は猫には向かないものもありますし、食事スペースを隔離するのも嫌で。なんとか猫の気を惹かないメニューを用意できないかと思ってるんです」

『ふむ、なるほどの。そなたの言い分、よっくわかった』

共同経営者らしく、龍神様が重々しくうなずく。

『じゃが悩む必要はなかろう。要は人が猫に与えて良い食物を、人の〈めにゅ～〉とやらにのせればよいのであろう？　ならばこれがあるではないか』

龍神様がどこからともなく出した長い箸で、皿に残された小さな粒を一つつまむ。

ゆっくりと運ばれ、形の良い唇に消えていく神饌《しんせん》の欠片。

厳粛な気分になる。食とは本来原始的なものだ。野蛮といっていい。なのに龍神様のかすかに動く唇や、こくんと嚥下《えんか》する喉はどこまでも優雅で清らかで。ただ、

「……あの、龍神様、それはキャットフードです」

『よい。なかなかの珍味』

「いえ、そういう意味で止めたわけじゃ……」

龍神様はこの世の森羅万象が放つ精気を糧とするらしい。供物も直接それを食べるのではなく、神に捧げるという、そこにこもった想いを食するのだとか。

だから、こういった頭の痛い、ずれた行動をたまにしてくれるのだが。

『何故これではいかぬ。〈えんぶんかた〉は体に良くないと聞く。延命長寿を考えるなら

より薄味で、〈えいようばらんすのとれた〉こちらのほうが良いはずだ』

人は嫌いだが、動物番組があるテレビは大好きな龍神様の頭の中は、平安時代の世相と現代の知識が絶妙な具合でブレンドされている。だがそれは何度も言うが猫用だ。

龍神様はものを食べる必要がない。だから人用フードが理解できない。

郁斗は未だに龍神様が食事をしている姿を見たことがない。猫たちが食べる様子を目を細めて眺めはしても、龍神様自身が口にするのは郁斗が御神酒《おみき》として捧げたお酒だけだ。

〈……それって、寂しくないですか？〉

確かに龍神様が神と祀られていた時代とは、人の食生活は変わってしまっている。だけど今の時代の食べ物だって、何回か食べてもらえれば慣れて理解できると思うのだ。

郁斗自身は食べることが好きだ。

社畜時代、寒い外から帰りついた家で熱いコーヒーを飲んだ時。どろどろに疲れてお腹も空でやっとありつけたコンビニの肉まんを食べた時。それに猫たちが食べている姿を見ると幸せを感じる。会社帰りに途中下車して、闇の中、猫たちに餌付けしていた時代。あの頃は無心に食べる猫を見るだけで、心の奥底まで温かくなった。この顔が見れるなら、明日も頑張って生きようという気になれた。

おいしいご飯を食べるのは、種族の壁をこえた幸せ。

それは神様だって同じだと思うのだけど。

『なんじゃ、そなたは。困っておるようじゃから助言してやったというに』

郁斗の無言の却下を感じ取ったのだろう。龍神様がみるみる機嫌を悪くする。しまった。せっかくのディスカッションなのに、駄目だししすぎた。

『言っておくが、我は人は好かぬ』

ですから、それは接客業に従事するなら絶対、言っては駄目なセリフです。

『故に我は〈てんぽけいえい〉など興味ない。この地に住まうすべての者を水で流すのが嫌というのなら、〈おーなー〉の課題とやらはそなたが考えよ。よいな?』

丸投げされた。ついでに駅前競争店だけだった水流し対象が、この地のすべての人間と範囲が広がっている。過激だ。

猫にだけ心を開いている龍神様。

昔は守護神として人に祀られていたはずなのに、どうしてこうなったのだろう。気になるが、これ以上は反応が怖くてたずねられない。いや、今は龍神様の過去より目の前の課題だ。開店までになんとかしないと、正直、賃料をあげられるのはかなり痛い。

宝くじの賞金は有限。すでにここの改築に大部分を使ってしまった。

経営が軌道にのるまでは猫たちの食費その他もろもろ、すべて郁斗の貯金からの持ち出しになるのだ。なるべく出費は抑えたい。なのに三つの課題、特にあの女性の問い。解法へのアプローチがまったくわからない。

オーナーが答えに行きついたということは、あの時、見聞きした中に答えがあるはずだが。

（オーナー、せめてヒントを……！）

そんなふうに頭を抱えた郁斗だったが、ヒントは意外な方向から現れた。どういう神の導きか、くだんの女性客、朱里さんと偶然、再会できたのだ。

巨大な、ドッグフードの袋とともに。

2

冬真っ盛り。息が白くけむる庭先の、枝に刺された蜜柑を、メジロが無邪気に囀《さえず》りながらついばんでいる。その姿を温かな屋内からうっとり見守るのは、外に出ることを禁じられた〈猫茶房　龍仁庵〉の猫スタッフたちだ。

翌日の昼下がり。呼び鈴をつけていない〈龍仁庵〉の戸をたたく音がする。

「よう、内海。来てやったぞ」

扉を開けると、そこにいたのは懐かしい顔だった。

中高と一緒だった鷹見賢一《たかみけんいち》だ。すらりとした長身に、端正な顔立ち。少し長めの前髪も清潔感があって、シンプルなカットソーにカシミアのコートというカジュアルな装いが、雑誌から抜け出たモデルのように決まっている。

郁斗より成績がよかったのに、せっかく入った大学を「手に職をつけたいので」とさっさと中退して製菓業界に飛び込み、恩師や親の頭を真っ白にした男だ。

お互い社会人になってから忙しく疎遠になっていたのだが、郁斗が猫カフェをオープンすると聞いて、連絡を取ってきてくれた。ので、これ幸いと相談を持ちかけたのだ。

「雑誌で見たよ、鷹見。すごいな、銀座《ぎんざ》に店を出したんだって?」

「今度は白金《しろかね》に喫茶併設の三号店を出す」

「さすが、カリスマパティシエ」

「当然。俺は頂点をとるために生まれてきた男だ」

一般人が言うと、あほか、というセリフだが、こいつが堂々と言うとカッコいい。店内に案内しつつ、さっそくフードメニューについて意見を求める。

「ヘルシーにサラダをと思うんだ。ドレッシングを別添えにして大きなボウルにたっぷり」

猫カフェ利用客には女性が多い。だからこの案には自信がある。

「鶏ささみサラダとかなら、ドレッシングをかける前にささみを猫にあげられるし、一緒に食べてる感を楽しめるだろ。サンドイッチも野菜サンドにすればいけるかなって」

猫はチーズやバター、クリームにヨーグルトといった乳製品に眼がない。バターを塗ったトーストなど、ちょっと眼を離した隙に舐められる。だからそこらは避けた。

なのに鷹見は浮かない顔だ。

「あのな。本気でこの内装のカフェでこんなものを出すつもりか。こんな器《ボウル》で」

「え、サラダやサンドイッチはカフェの定番だろ。古民家カフェも」

「和風が受けるのは客が和を期待する観光地の話だ。都内でも有りだが、そこで洋風メニューを洋風の器で出すか普通。お前、アフリカにあるロシア気分の店に行ってマハラジャ料理をナイフとフォークで食べたいか？　客がその店に求めるテイストを考えろ」

そういうものなのか。オーナーの時との連続駄目だしに落ち込む。

「お、おい、馬鹿、ちょっと言われたくらいでそんな顔する奴があるか。フードが洋風でもいいならせめて器に凝れ。俺の店の商品で和皿に合うものを卸してやる。表に俺の名を出せば、他にはしていないサービスだし少しは集客につながるはずだ」

「ありがとう。でもごめん、鷹見のとこのケーキは猫にあげられないだろ。ここには鷹見の名前じゃなくて、猫との時間を楽しみに来て欲しいから」

ここは譲れない。

鷹見の名を出して一時、客が増えたとしても、それは郁斗が欲しい未来じゃない。

「だから俺にも作れる、猫たちに配慮したものが欲しいんだ」

「……ったく。相変わらず頑固というか、優しげに見えて芯はゆずらんというか」

「鷹見？」

「わかった。お前の方針には口出ししない。ただし助言はさせろ。この店で俺の名を出さないなら、すべてオリジナルで和風にしろ」

「和風か……。あ、そういえば。昨日、あんみつ男子って言われた」

「それだ」

でも和菓子なんてハードル高そうだと言うと、お前でも作れるものを一緒に考えてやると言われた。

感謝の眼差しを向けると、照れたのか、というか最高の友達だ。

「ちっ、そろってないな。だいたいなんでコンロが家庭用なんだ。対応できるのか？」

と厨房に入っていく。「厨房を見せてもらうぞ」と、鷹見がずかずか
「え、ガスコンロ、三つもついてて、すげえって即決したけど」

「前二つを使っていたら熱気で操作しにくいし、三つ目なんぞ火力も弱いし保温するくらいしか役に立たないぞ。冷蔵庫の中は……。なんでしめじと米しかないんだ、なめてるのか！」

「ごめん、今ってオープン前だから。間取りに慣れるためにこっちの厨房使ってるけど、俺の食事分しか入ってないから」

生活用厨房は、居住区である二階にここより規模の小さいのをつくってある。店がオープンすれば郁斗の食事はすべてそちらでつくることになる。

土鍋ご飯は一人暮らしをはじめてからの郁斗の得意料理だ。しめじ、調味料、米、水を土鍋に入れて火をつける。かすかに焦《こ》げる匂いがしてきたら火を止めて蒸らす。そのまま豪快に食べても良し、しゃもじで茶碗によそってもよし。焦げまで美味《うま》い自慢料理だ。

つくってやろうかと胸を張ると、盛大にため息をつかれた。

「どんだけ粗食なんだ。店用メニューを考える前にまず自分の飯を考えろ。ええい、ついでだ、今夜の夕食は俺が作ってやる。メニューの試作もふくめて買い出し行ってくるぞ」

「え、そこまでしてもらったら悪いよ、鷹見」

が、彼はさっさと店を出ていく。いったいどんな車に乗っているのか、コインパーキングからブォンブォンという爆音が聞こえた。

それにしてもパティシエに夕食が作れるのだろうか。郁斗は首を傾げた。

「どうだ」

「おみそれいたしました」

その夜、炬燵《こたつ》の上に並んだのは。冬らしいサーモンをニンニクとオリーブオイルたっぷりのカリカリパンにのせたブルスケッタ、コリコリ弾力のある身が嬉しい鯛《たい》のカルパッチョ、バジルの緑とトマトの赤が眩しいモッツアレラのカプレーゼ、ほかほかの牛蒡《ごぼう》のニョッキ、地場産野菜のピザ。

男の手料理だし、冬だし、せいぜい鍋かと思っていたから、これには驚いた。

「鷹見、料理つくれたんだ。しかもイタ飯」

「今日は酒のつまみばかりだが。菓子製造技能士資格の外に、調理師免許ももっている。イタリアンだけじゃない。フレンチも中華も作れる」

すげえ。中華鍋をふれる男。女なら惚れてしまうところだ。

さっそく匂いを嗅ぎつけた猫たちが寄ってくる。ちょこんと炬燵テーブルにのせられた顎とふっくら丸い前足が可愛くて、駄目だよ、と叱れない。

「駄目飼い主一直線だな。飲食店を経営するならきっちり線を引け」

鷹見がていっとテーブル面にのった猫の手をはらう。

「……すごいな鷹見、この可愛さに抗えるとは」

「俺は動物は嫌いだ」

「え、でも中学の時、弁当のパン残して捨て犬にあげてなかったっけ」

「お前は。どうしてそういう、どうでもいいことはいつまでも覚えているんだ」

猫にとられないうちにさっさと食べろと言われて、口に含む。

とたんにじんわり涙が出た。

「……おい、呑む前からもう酔いがまわったのか」

「ごめん。なんつーか、いいなぁって」

唇をくすぐる温かな湯気、喉の奥をなでる手作りの優しい味。

「俺、決意した。やっぱりこの店の売りはフードにする！」

料理の美味さも身に染みるが、何より誰かが自分のためにつくってくれる。食べる姿を見てくれている。それがありがたい。

「鷹見さ、いつでも嫁に行けるよ」

「そうか、じゃあ、お前もさっさと店のメニューを決めて練習しろ。今のままじゃ婿にも行けんぞ」

さりげなく特訓につきあってやると言ってくれるが鷹見は学生時代から人気者だった。今だって彼女とか、郁斗以上に濃い付き合いをしている人たちがいるだろう。それが同級生だったとはいえ、せっかくの自由時間を郁斗のためにつぶしていいのだろうか。

問いかけると、「別に」と流された。何かあったのかなと思うが、郁斗だって誰も自分を知らないところへ行きたいと思う時がある。有名人の鷹見ならなおさらかもしれない。

鷹見なら話したい時は話してくれる。

だから郁斗も聞き流すことにした。ありがたく天下の鷹見の気まぐれを満喫する。

「あー、美味い！　猫がいるから肉とか魚とかずっと食べてなかったから余計に美味い」

郁斗があれもこれもと食べ始めると気になるのか、鷹見の両腕ではふせぎきれない量の猫たちが、にーにー、鳴きながら炬燵布団をよじのぼってくる。

「く、なんだこの重さは、片手で押しのけられんとは、どんだけデブいんだ。本当に猫か？　中に何か未知の物質がつまってるんじゃないだろうな？」

「鷹見、みー君の重量で引いてちゃだめだよ。うちにはもっとすごいのがいるんだから」

〈猫茶房　龍仁庵〉の誇るデブ猫三人衆。

頂点に君臨する〈十両前《じゅうりょうまえ》〉はもっとデブい。食いしん坊みー君と違って運動不足でデブっているだけだが、今もはちきれんばかりの肉がたれた腹をさらして、すーすーとしまりのない顔で爆睡している。買ったばかりの猫籠が巨躯《きょく》の下でへしゃげていた。

「あれが十両前。近所の御隠居、岡《おか》さんの造語命名だけど、幕内力士にしなかったのは覇《は》気《き》が足りないからだって」

「……ここの猫は俺の知る常識的な猫と激しく違う。おい、笑ってないで何とかしろっ」

「あー、魚やチーズの匂いに惹かれてるのもあるけど、お客様が珍しいってのもあると思うよ。猫って慎重に見えて好奇心旺盛だから」

「それでか。さっきから視線を感じるのは。あの猫、こちらを見おろして地味にイラつく」

「え？」

言われて、上を見る。

この家は二階建てで、一階部分が店舗、二階部分が郁斗と猫たちの住居になっている。

そんなわけで一階部分は店舗スペースを大きくとっているので廊下がない。二階への階段は、今いる従業員休憩室の中、壁際につくってある。そこに猫がいた。ふさふさの毛なみを優雅に波打たせ、階段に寝そべって手すり越しにこちらを見おろしている。

高貴なブルーグレイの長毛種、〈カイザー〉だ。

毛色からしてロシアンブルーとチンチラのミックスかと思うが、この子も捨て猫だったので出自ははっきりしない。その孤高の姿勢と、明治維新の肖像画に出てきそうな見事なもみあげ、もとい、つんとたった両頰の毛が名前の由来だ。

捨て猫には大きく分けて二種類あると郁斗は思う。

無責任に飼い、飽きたから捨てる。人気の猫種の繁殖が目的で飼いはじめたものの、ブームが去り、邪魔になって捨てる。そんな、猫ではなく流行とブランドだけを見ている人に飼われて捨てられた猫と。

愛し愛され、共に暮らしながらも諸事情から飼い続けることが無理になり、殺処分するよりはと一縷《いちる》の望みをかけて野に放つ人に飼われていた猫と。

カイザーの飼い主はきっと後者のほうだ。

どちらが猫にとって幸せかはわからない。だがカイザーは共に暮らして数か月になるのに、決して郁斗に心を許さず、龍神様がいない時は天井の梁《はり》から降りようとしない。

それは飼い主が迎えに来てくれるのを未だに待っているのか、それとももう人など信じないと己を守るために孤高を保っているのか。

どちらにしろ、寂しい。

「……だからすごいよ、カイザーが自分から見に来るって。料理の匂いが気になったのかな」

「ふん、まあ、俺のつくったものだし当然だな。よし、特別に分けてやる」

ちょっとしんみりした鷹見が、猫皿に調味料のかかっていない部分の料理をとりわける。

が、カイザーはちらりと見ただけでそっぽを向いた。

……鷹見の顔が引きつるのが、はっきりとわかった。

「鷹見、カイザーは誰にでもこうだから気にすることないって。というかマジにここまできただけでもすごいんだから。いつもはトイレも俺がいない時にこっそり行くし、食べる姿どころか動く姿も見せない、〈振り返ればそこにいる猫〉なんだよ、カイザーは」

〈だーるまさんがこーろんだ猫〉ともいう。

人が見ていると決して動かない。背を見せない。なのに少しでも目をそらせると、その隙に、すっと消えている。そういう猫だ。

「だるまさんが転んだ、か」

鷹見が試しにカイザーに背を向けると、十数えて、勢いよくふり向く。

「……？　変わってないぞ。姿勢すら同じだ」

「いや、違うよ、鷹見。カイザーは一段、階段を上に上がってる」

「何？　本当だ。確かさっきはその棚の上段あたりにいたのに……」

それからも。鷹見が目をそらすたび、瞬きをする隙にさえ、カイザーは、すっ、すっ、と階段上を移動していき、やがて誰もいない二階へと音もなく姿を消した。

鷹見も郁斗も一度もカイザーが動く姿はおろか、その背すら見ることはできなかった。

「怖すぎるだろう、お前のとこの猫」

「そんなこと言われても」

「くそう、だいたい俺の料理を見ながらそっぽを向くとは何をしに降りてきたんだ。おい、内海、あの猫の食餌《しょくえ》時間を教えろ。今度こそ無視できない粗食をつくってきてやる」

意外と負けず嫌いだ。

あきれながらも鷹見に猫に与えていい食材を教えていると　艶やかな声とともに、階段下にある戸棚の、小さな襖戸《ふすまど》が開いた。

『……このような時刻まで、いったい何を騒いでおる』

中から、よいしょ、と、現れたのは、龍神様だ。

通常、人など入れない狭い飾り戸棚だが、中で龍神様の住まう神の空間に通じているそうで、龍神様が現世に現れる時はいつもここからだ。

「……ド●えもんか」

鷹見がぼそりと突っ込むが、龍神様の正体は鷹見にはばれている。店を開く報告をした時に、「共同経営者だと？　騙されてるんじゃないだろうな」とすごまれ、メールで『画像を見せて』一発で人外とばれた。

以来、オーナーをはじめ人と会う時は、「これは人に譲るためじゃありません。神々しすぎる姿を見ると人間が行動に支障をきたすので、騒ぎを避けるためです」と、龍神様に頼み込んで、神通力でその存在を不思議に思わない程度のめくらましの術をかけてもらっている。

そんな龍神様は夜は睡眠のためか、いつも襖の向こうに帰ってしまう。

なのに今夜はどうしたのだろう。

『郁斗とは違うどこぞの無礼な男の気配がいつまでも居座っているのでな。猫たちが害をくわえられてはおらぬかと、見守るためにやってきた』

なるほど。にぎやかなので気になったのか。

なら、遠慮はいらない。龍神様に、どうぞ、と炬燵を薦める。

『……これはなんだ、この温もり、まるで母猫の腕に全身を抱かれているような』

「炬燵を知らないのか、和風男子のくせして」

鷹見が炬燵の作法を伝授すると、ツンとした顔をしながらも好奇心を抑えられないようで、龍神様が炬燵の上でデザートにおいていた蜜柑を転がす。いい風景だ。

『言っておくが、〈こたつ〉におるからといって、無礼なそなたがつくった大陸料理など、我は食さぬぞ。なんじゃ、この〈えんぶんかた〉なものは。おぞましい』

「安心しろ、食えなどとは言わん。俺もお前のためにつくったわけじゃない」

スカイプ画面で何度か顔を合わせている龍神様と鷹見が仲良く火花を散らしている。にぎやかで、楽しくて。

郁斗は顔がほころぶのを止められない。

就職してからいつも一人ぽつんと蛍光灯の下にいた。冷めきったコンビニ弁当をもそもそ食べるだけだった。それが今、ここにはたくさんの声があふれて、温かな手料理がある。

「鷹見にわかるか、この幸せが」

「……お前、酔ってるだろ」

「んなことないってえ、そだ、会員証発行してやるよ、今ならまだ一けた台。うーん、この部屋おいてなかった。これでいっか、試作品のやつ。色が違うけどプレミアム会員ってことで」

「おい、誰が会員になると言った。俺は動物が嫌いだと言っただろう」

ぶつぶつ言いつつもカード入れにしまってくれる鷹見はいいやつだ。

皆、ここにいる。幸せだ。そう考えると、せっかく鷹見が来てくれているのだからと意識して頭の隅においやっていた事柄が、気になって我慢できなくなる。

「あの、さ、鷹見」

「なんだ」

「猫飼ってるっぽいのにドッグフードを買う女の人って、どう思う?」

〈彼女〉は一度はこの店を訪れてくれた人、つまりお客様だ。そのプライベートに関わることなら、他人に話すことではない。だが胸につっかえた棘《とげ》のように圧が消えないのだ。

郁斗は自分が抱える謎を、友と神に打ち明けた――。


――郁斗がその女性客と再会したのは、今日の午前のことだった。

鷹見が来る前にすませてしまおうと、郁斗はオーナーに車を借りて、幹線道路沿いにあるチェーンの大型量販店まで買い出しにいったのだ。

何しろ猫の数が多いので、餌も猫砂もコンビニでちょっと買いでは追いつかない。

「いつまでも借りてばかりじゃ申し訳ないし。軽でいいから一台、買わないとなあ」

獣医に連れていく時は子猫三匹組以外は一匹につき一つ、かさばるペットキャリーに入れなくてはならないし、車が必需品だ。タクシーだけでは心もとない。

あれこれ支出を考えながらカートを押していくと、犬のコーナーに差し掛かった。

最近は小型犬のペットが増えたからか、猫と変わらないサイズの物も増えた。が、それでも大型犬用の巨大なドッグフード袋は健在だ。

犬カフェ経営でなくてよかった。こんな餌を大量に買っていては体がもたない。棚に並ぶ大袋を見ながら進んでいると、華奢《きゃしゃ》な女性が棚から大きなドッグフード袋を下ろそうとしているところに遭遇した。

通路が狭い。迂回するか、女性が立ち去るのを待つか。迷っていると、女性がバランスを崩した。巨大なドッグフード袋が女性の上に落ちかかる。

「危ないっ」

郁斗は思わず手を伸ばした。郁斗が受け止めたドッグフード袋の下で、すみません、と謝って顔を上げたのは、プレオープンの時に現れた、あの女性客だった──。

──ここまで話すと、鷹見が「それのどこが不思議なんだ」と言った。

「それで〈猫飼ってるっぽいのにドッグフードを買う女の人〉か。だが別に不思議でも何でもないだろう。猫の他に犬も飼っていればドッグフードくらい買う」

「いや、その後なんだよ。一応、彼女、俺のこと覚えてて。流れで一緒にレジに行くことになってさ、黙って歩くのも気まずくて話しかけたんだけど、ただ……」

交わした会話が、後で思い起こしても妙なのだ――。


――レジに向かいながら、郁斗は問いかけた。

「……飼ってるの、大きなワンちゃんなんですか？」

「いえ、猫です」

「猫⁉」

でもこれはドッグフードだ。まさかとは思うが勘違いをしているのだろうか。

郁斗の顔があまりに間抜けだったのだろう。彼女がぷっと笑う。やっと見れた笑顔はとても可愛い。警戒がとけたのか、彼女は口調もやわらかくなった。

「わかってるわ、これは犬用。間違えてないから」

「あ、いえ、そんなつもりじゃ、すみません」

「いいのよ、自分でも変ってわかってるから。犬種がラブラドールレトリーバーだと三キロ袋じゃおいつかなくて。ずっとこっちの大袋を買ってたからしょうがないの」

レトリーバー？　猫の餌を買ってるんじゃなかったのか。

聞くうちにどんどんわからなくなる彼女のペットに、郁斗が内心、疑問符ばかりになっていると、彼女が郁斗のカートに入った様々なキャットフードに気がついた。

「猫カフェだといろいろ買わないといけないのね。子猫用はあの黒い子用？」

「ええ、クロって名前です。子猫は全部で三匹いて、他はミケにシロっていいます」

「名前、全部毛色なのね」

「安易ですよね。うちの猫ってもともと地域猫で。近所の人がわかりやすいように毛色で名前つけてた子が多いんですよ。そのまま定着しちゃって」

「名前あるあるね。うちの子の名前もココアとショコラよ。毛色からとったの」

ココアとショコラ？　犬を二頭飼っているのだろうか。それとも犬と猫ということだろうか。どちらともとれる名前だ。

「といっても実家にいる子だけど。今、調子が悪くて、だから私も世話をするのに実家に戻ってるの。家には母さんがいるけど腰痛めてて。看病疲れなの。大型犬って体が重いから、それでグキッとやっちゃって」

「病気、ですか？」

「そうじゃないんだけど。この頃少しも食べなくて。点滴はうってもらってるんだけど」

「……もしかして、あの時、うちの店に来たのは、相談したかった、とかですか？」

うん、と朱里さんと名乗った彼女はうなずいた。

「ごめんなさい、獣医さんでもないのに。でも、もうあの時は藁にもすがりつきたい気分で。どうしたら食欲わかせられるかなって思って」

「あ、すみません、俺、猫カフェはじめるとはいえ、専門家じゃなくて、この間までは普通の会社員だったんです。だから猫のことも勉強中で……」

そんな事情なら間違ったことは言えない。自己申告する。

役に立たないとがっかりされるかと思ったら、彼女は逆にこちらを気づかうように「あら、あなたも脱サラ組？」と言ってくれた。

「私もそう。したいことがあって、去年の夏できっぱりやめちゃった」

起業仲間ね、と、くすりと笑う。

その声に、郁斗は会社員時代に一度だけ聞いた、〈あの人〉の声を思い出す。

「食べてくれたらいいんだけど」

そう言いつつ、彼女はドッグフードを自転車の荷台にくくりつけて去っていった。ばいばいと手を振って別れていく彼女の後姿がとても小さくて、胸がきゅっとなった……。

「……と、いうわけなんだ。そのココアちゃんかショコラちゃんかの病状も心配だけど、朱里さんとはただの顔見知りレベルだし、それ以上踏み込んだ事聞くのも引かれそうで、そこで別れたんだけど」

温かな炬燵の中に皆で一緒にいると、よけいにあの寂しげな背がちらつく。

今になってやっとオーナーがただの人酔い客じゃないと考えたのが何故かわかった。

朱里さんの思いつめた顔。眼の下には隈があった。髪はぱさついていた。

季節どころか時の感覚もなく、ただ息をして、仕事をこなしていた暗い社畜時代。あの頃は自分もあんな顔をしていたと思う。彼女は未だあの地獄の中にいる。

それだけでなく、彼女のことが気になるのは、改めて聞いた彼女の声が、会社員時代にずっとその背だけを見ていた〈あの人〉に似ていたからかもしれない。

「なんとかしてあげたいんだ。でも俺じゃわかんなくて」

本当は人に頼らず答えを見つけたかった。だけどわからない。自分では力不足で。

「時間がない気がするんだ。天下の鷹見パティシエ、推理してくれよ」

「推理も何も、犬と猫と飼っている。それ以外にないだろ」

「でも彼女、食欲がないからって、猫カフェであるうちを訪ねたんだぞ？　で、食べてくれたらいいんだけどって買って行ったのはドッグフードなんだ。俺が知りたいのは、食欲をなくしてるのが誰かってことなんだけど」

「食欲をなくしているのは猫だろ。ここに来たのなら。で、ドッグフードは。お前がべたべた話しかけてきたから、こいつは猫好き女子専門ストーカーか？　と疑って、こっちは猫好きじゃないよ、帰れ、って矛先をそらすために買ったんだ」

「べたべたなんかしてねえよ！　ストーカー言うな！　だいたい一袋六キロだぞ？　サイ

ズは二十キロの米袋よりでかいんだ。かさばるし、男ふるのにそんなの本気で買ったりしないよ。それに朱里さんのお母さんは犬の看病してて腰を痛めたんだ」

「なら、猫って犬種の犬を飼ってるんだ。もしくはドッグフードが好きなデブ猫か。そもそもドッグフードとキャットフードってどう違うんだ？」

「うん、俺も気になって調べた。主原料は犬用が肉で猫用が魚。それより重要なのは猫用にはタウリンとかナイアシンとか、猫が自分で生成できない栄養分が多く含まれてるってこと。タンパク質とかの割合も多いんだ。だからときどきならともかく、常食は無理っぽい」

だからキャットフードのほうが少し値段が高くなる。

「なのに買って行ったのは六キロ超えの大袋か。となると……」

『もしやそれは昨日、この店に訪れた娘のことか？』

珍しく、龍神様が話に割り込んできた。

龍神様は浮世離れしているので、郁斗がオーナーや他の人たちと話していても、我関せずと猫と遊んでいることが多い。なので今回もそうかと思ったら聞いていたらしい。

改めていきさつを説明すると、考え込むように龍神様が首をかしげる。

「龍神様？」

『……そなたやあの娘以外でも、ここまで他の命を愛しく想う人間がいるのだな』

その声はいつもの龍神様と違って、深く、それでいて幼く聞こえた。

思わず「え？」と問い返すと、龍神様が、つい、と、立ち上がった。買い出しに出かけた後、壁際にかけたままになっている郁斗のコートへ向かう。

『その〈どっぐふぅど〉とやらのことは我は知らぬ。だが、そなたの言う、娘の暗い表情とやらには答えを出してやれる』

「龍神様？」

郁斗が怪訝に思い問いかけるのと、龍神様が閉じた扇を前に差し出すのは同時だった。ぶわっと黒い霞のようなものが、コートから舞い散った。

邪気だ。

前に龍神様に見せてもらったことがある。沈んだ気や人の負の気に惹かれ、現れる悪しき気。

『わずか故、見逃しておったが。そなたの話を聞いて祓《はら》っておいた方がよい気がしての』

龍神様が扇を手の内に収めつつ言う。

非日常を見せられて、郁斗はごくりと息をのむ。霊感がない郁斗でもはっきり見えた黒い霞は、鷹見にも見えたのだろう。目を丸くしている。

だが、何故、邪気が。

ここは神社の脇、つまり鎮守の杜につながる神域だが、長らく龍神様が自らを封じていた場所と空間が重なっているらしい。なので、こういった負の気がわだかまりやすいとは聞いていた。だから店子がいつかず、郁斗が安く借りることができたらしいと。

「で、でも、この店は改築する前に、念入りに龍神様が祓ってくださったはずで……」

『先ほどの話にあった娘じゃ』

「え？」

『我はここには〈客〉を拒む結界は張っておらぬ。あの者はまず客としてここへ来た。故に店の結界は内に通してよいと娘の気を記憶した。故に今日、そなたが〈めがどんきはうて〉で会ったおりに娘からこの衣へとうつった気が、異物と認識されず、ここへ入り込んでしまったのだ』

昨日、朱里さんが直接持ち込んだ分の邪気は、すぐに気づいた龍神様が、その場で祓ってくれていたらしい。

『あの者、近しいものを亡くしたようだ。そういった心の隙には淀みがたまりやすい。そなたも香の匂いに気づいたであろう？』

確かにかすかな香の薫りを嗅いだ。

だが時期が新春だったこともあり、遅い初詣に行ったのだと思い込んでいた。

あれは無病息災を祈る常香炉の香ではなく、死者に手向ける線香の残り香だったのか。

「それを先に言ってください……！」

馬鹿だ、自分は。いくら人に酔ったからといって、〈晴れ〉に属する初詣客があんな暗い表情をするわけないいじゃないか。

彼女が飼っていたのは犬と猫。ココアとショコラの二匹。そして犬を亡くし、今、遺された一匹である猫が病床にいる。そういうことだ。

（何やってんだ、俺……）

みー君を見てつらくなるはずだ。元気に食べている姿を見れば。なんでもっと親身にならなかったのだろう。大切な誰かと死に別れる辛さなら知っているはずなのに。

じっとしていられない。靴を履くと外へ飛び出す。もちろん彼女がいるわけがない。名前しか聞かなかった相手の元へ行けるわけがない。

他に置いて行かれた季節外れの枯れすすきが一本、冬の寂しい風にゆれていた。

3

郁斗が彼女とまた会ったのは、ワクチン月齢に達した子猫を三匹、近くの動物病院に連れていった時のことだった。

彼女は空のペットキャリーを床におき、待合室の椅子に座っていた。

腕にはぐったりとした小さな体を毛布でくるんで抱いている。ああ、もう暴れて逃げ出す体力もないのだ。普段は互いのペット話に花を咲かせる他の待合客も、それと察しているのだろう。朱里さんの周りだけ、しんっと静まり返っていた。

気配に気づいたのか、彼女がこちらを見た。郁斗はあわてててぺこりと頭を下げる。

「あ、猫茶房の……」

「その子が？」

ええ、ショコラ。そう、彼女は言った。

毛布を少しずらして、顔を見せてくれる。可愛らしい黒っぽい毛並みの猫だった。まだ若い。なのに力なく目を閉じた顔からは生気を感じなかった。胸がきゅっと痛くなる。

「……もうね、年明けからなの。ずっと何も食べないの」

朱里さんが言った。

「栄養剤をもらって歯茎にぬったりしてるけど、やっぱり固形物を食べないとって言われて」

いろいろ試したんだけど。そう言う朱里さんの顔に、焦《あせ》りと絶望の色が濃い。

「喉に無理に食べ物を入れるのはできるの。消化のいいささみの生肉とか」

でも、それは一時しのぎ。本人が食べるという気にならないとどんどん弱ってしまうと獣医さんは言うそうだ。

「私、駄目な飼い主なの。大切なのに、自分のことばっかり考えて、ショコラがこんなになるまで気づかなかった」

あのね、私、漫画家なの、と朱里さんは言った。

「もちろん連載も持ってないひよっこだけど。もう社会人になったのに無理だって思ったんだけど、やっぱり夢を諦められなくて。仕事しててもこれじゃない感ばっかりで、なのに忙しくて毎日終電で。もう心も体も耐えられなくて。このままじゃつぶれるって思って、せっかく正社員で雇ってもらった会社を辞めたの。親の反対を押し切って」

だから意地を張って家を出た。以来、気まずくて連絡を取っていなかった。老齢になった犬のココアが病気になったことも知らないままだった。

「母さん、私がいっぱいいっぱいってこと知ってたから。ココアが弱ってること黙ってて」

朱里さんのお父さんはもう亡くなっていて、弟さんも家を出て、実家はお母さんだけだったそうだ。そして朱里さんのお母さんは一人で老犬の世話をすることになり、腰を壊した。朱里さんは実家へ荷物を取りに行って初めてそれを知ったのだとか。

もう手遅れだった。その夜、ココアは病院で息を引き取った。

だが朱里さんのお母さんはそれでよかったと言う。ココアの末期は惨《むご》かったからと。

「たぶんね、ショコラの病気は、寂しい病なの。母さん、ココアの看病でいっぱいで。ショコラにかまってあげれなくて」

ショコラが餌を食べていないことに気づけなかったらしい。

「ココアの葬儀が終わって、気づいた時にはもうこんなに弱ってて。ショコラはたぶんココアが心配で餌を食べないんだと思う」

猫のショコラには犬のココアの病気のことはわからない。ただ弱って一緒にいられないことだけはわかって、心配して。そしてそれから、ココアがつれていかれた病院から帰ってこない理由がわからなくて。不安で、不安で、たまらなくなっているのだろう。

「たぶん、待ってるんだと思う。ずっと、ずっと、ココアが帰るのを。ショコラはうちに来た時まだ子猫で。ココアに育てられたようなものだから。よく一緒にご飯を食べてて」

「それで、ドッグフードを」

結局、食べてくれなかったけど、と朱里さんはあきらめた顔で言った。

「母さんはもうあきらめてる。ココアの時みたいに悲しむのが嫌だから、ショコラから距離をおいてる。私にもそうしなさいって言うの。でもね、私、ココアの時、後悔したの。もっと早く実家に戻ってココアとの時間をつくればよかったって」

生き物を飼っていると遅かれ早かれこういう事態はやってくる。相手の元気な姿を見たくて、一緒に笑いあいたくて家族になったのに、別れの日はやってくる。無慈悲に。

人と猫なら。どう頑張っても、猫の方が先に死ぬ。だからといって距離をおきたくない。短い生だというのなら、もっとなでてあげればよかった、一緒に遊んでやればよかった、そんなふうに思わなくてすむように精一杯、接したい。

最後の瞬間まで共にいたい、元気でいて欲しい。

そう願うのはすべての飼い主の切実な思いだ。郁斗だってそう願う。

「もう私、あんな後悔したくない。だけどそれ以上にショコラに食べて欲しいの。だってまだ生きてるんだもの。ココアみたいに老衰も重なった病気じゃないもの」

ぎゅっとショコラを抱きしめる。

「何がいけないのかなあ。このまま弱っちゃうのかなぁ」

朱里さんの声がふるえている。診察室の方から、これでもう大丈夫ですよと言われたのだろう。ありがとうございます、先生、という嬉しげな声が聞こえて、よけいに苦しい。

朱里さんがドッグフードを買っていた理由。

それはとにかく思いつく限りの食べ物を与えようとした結果だ。

龍神様に聞いて察していたオーナーの課題。やっぱりという想い。こんな理由なら当たって欲しくなかったという想いが、郁斗の中でごっちゃになる。

どうしよう。どうすればショコラの食欲はよみがえる？　元気が出る？

ふと、鷹見と夕食を食べた時のことを思い出した。いつもは顔を見せないのに様子を見に来たカイザーと、龍神様のことを。

（……これが正解かどうかなんて、わからないけど）

ショコラと朱里さんを救えるか。おせっかいじゃないかどうか。人との距離の取り方なんて、前の会社でうまくいかなかった自分にはわからない。

それに人も猫も自分の領域外、アウェイに出るのは勇気がいる。だからうまくいくとはかぎらない。よけいに弱らせて追い詰めてしまうかもしれない。自分に責任が取れるのかと思う。

（それでも）

やってみる、価値はある。

「あのっ、一度、ショコラちゃんを店に連れてきませんか」

郁斗は思い切って言った。

「うちはあの通りで、いろいろキャットフードをそろえてあるし、よければ」

「でも」

「その、迷惑だったら無理にとは言わないけど。うちにも食の細い子がいて、一緒に対策考えられたらって……」

そう言うと、彼女はやっと肩の力を抜いてくれた。

ココアの匂いのついた物を何か一つ持ってきて欲しいと頼むと、「オープンしたらうかがいます」

がうわ」そう言ってくれた。その表情が、郁斗には妙に綺麗に見えた。

「で。なんで俺を呼び出すんだ」

飾りけのない黒のタートルネックにカラーシャツ、ジャケット。今日もびしっとカジュアル・シックに決めた鷹見が、不機嫌そうに腕を組んでいる。

が、さりげなくその手に〈パティスリー鷹見〉と金のロゴが入った鷹羽根色の紙袋がさげられているのは、カイザーへの挑戦品だろうか。「これ、絶対、猫用のおいしいやつだ」と匂いを嗅ぎとったみー君が、すでに背後にスタンバイしている。

だが今日の本題はそれではない。鷹見が別包装の大袋を差し出す。

「この俺様にこんなものを作らせるとはいい度胸だな。成分や製法を聞くのと引き換えに、キャットフードのＣＭに出ることになったぞ。どうしてくれる」

「ごめん、鷹見。埋め合わせは必ずするから」

でもつくってきてくれた。助かる。

「あら、やだ、鷹見ちゃんったら雑誌より本物のほうがイケメン」

今日は本オープン日でもあるので招待していたオーナーが、両手で頬をおさえる。

「……なんだこいつは」

「ここらの土地をもってる地主さん。しばらく店番もしてもらえる予定で、助かる」

朱里さんはまだ来ない。だけど今日の日時は伝えた。来るのを信じて用意をする。

開店時間前だし、猫スタッフではない猫を招くことになるので、お店ではなく、その奥にある従業員スペースに会食の場をつくる。

「炬燵なんてアットホームすぎない？」

「今日は私的なお客様をお迎えするのでこれでいいんです」

やがて朱里さんがショコラちゃんを連れて現れた。ショコラちゃんは安心できるようココアが使っていたという毛布にくるまれていた。

「ようこそ、いらっしゃいませ」

出迎えた郁斗は朱里さんに炬燵に入ってもらって、さっそく鷹見に本日のスペシャリテを運んでくれるよう頼む。

銀のペット用皿を模した器に入れられた、ドッグフード。

いや、鷹見お手製の、匂いと形はドッグフードだが、中身は人も猫も食べられる素材でできたスペシャルな逸品。

わざわざココアちゃんが食べていた例の大袋のドッグフードを製造しているメーカーに取材に行って作ってもらった、特別なクッキーだ。

営業モードになった鷹見が、丁寧に説明しながらサーブしてくれる。

「こちらは日本三大地鶏といわれる奥久慈《おくくじ》しゃもをメインにつかった特製です。味はショコラちゃんの記憶を重視して、ココアちゃん縁《ゆかり》のドッグフードに限りなく近づけてありますが、人でも賞味できる舌ざわりに仕上がったと自負しております」

それぞれの前に置かれた、銀色の犬用食器。皆の名前がアルファベットで書かれているが、鷹見の手つきが優雅なので、高級フレンチを供された気分になる。

朱里さんの皿はあっても肝心のショコラの皿がない。

朱里さんが怪訝そうな顔をするが郁斗たち同席者はさっさと食べ始める。今日だけ特別に同席を許されたみー君にいたっては炬燵上の皿をぐいぐい顔で押しやり前進している。

「あの……」

「今日だけ、同じ皿で一緒に食べてあげませんか？」

「え」

「人間だって、自分一人だけのお皿で、周りから食べなさいってじっと見られていたら食べにくいですよ。これ、見た目はドッグフードだけど、人も食べても大丈夫な材料でつくってあるので。変わった味のクッキーだと思ってもらえたら」

一粒手に取り、それでもためらう朱里さん。その隙をみー君がついた。

自分の分を食べ終えたみー君が、すかさず朱里さんの前に置かれた皿に顔を突っ込む。他の猫たちも興味を引かれたのか、次々炬燵上にジャンプしてくる。

「あ、」

「しっ、そのままで」

ココアちゃんの匂いのついた毛布にくるまったショコラが、近づく猫の気配を感じ取ったのか、おそるおそる顔を出す。周りにいるのは知らない猫たち。が、慣れ親しんだココアの匂いのついた毛布にくるまっていることで安心したのか、皆が大騒ぎをしながら食べるのを見て興味を引かれたのか。ショコラが匂いを嗅ぐように、口元を動かした。

そして。

「あ、食べた」

ショコラが、朱里さんの手にあったクッキーを、ぱくりとくわえた。そのまま咀嚼している。思わず皆、身を乗り出した。

「食べた、食べてるよ」

「ええ、食べてる、食べてるわ」

朱里さんはもう泣き笑い状態だ。

ひとしきり、声を抑えて大喜びして。

ショコラちゃんを驚かせないように、そっと一粒ずつドッグフードクッキーを与えながら、でも、と朱里さんが首をかしげる。

「これ、あのドッグフードと同じ味なんですよね。この前買ったのは食べなかったのに」

「たぶん、ショコラちゃんが欲しかったのは一緒に食べる誰かだと思うんです。食べて欲しいってじっと見つめられていたら、それ自体がプレッシャーになるというか」

だからカイザーは郁斗に食べる姿を見せないのではないかと思った。

普段、何も食べないのに、キャットフードを試食した龍神様も。あの時は頭が痛かったが、もっと違う角度から見ればよかったのだ。

（御神酒しか口にしない龍神様が、あの時、手をのばしたのは、猫たちがいたから）

皆で食べる、これは空腹の次に重要な調味料だと思う。

孤高の猫カイザーが階下に降りてきたのはなんだったのか。

誰かがおいしそうに食べる顔が見たくなったからだ。

「……思い出した。うちのショコラは子猫の時、ドッグフードが好きだったんじゃなくて、ココアのご飯を横取りするのが好きだったのよ」

一緒の器に顔を突っ込んで食べてたわ、と朱里さんが言う。

「可愛くってどけられなくて。ココアが困って、ショコラが食べ終わるまで待ってるの。しょうがないからショコラの皿にもドッグフードを入れてあげたわ。だけどショコラはココアのお皿のばかり食べて、だから開き直って大きなお皿を買ったのよ」

二匹が一緒に食べられるように。

ショコラちゃんは仲良しのココアと一緒に食べたかった。ずっと一緒にいたかった。なのにココアちゃんはある日病院に運ばれ、そこで帰らぬ存在となり、そのまま火葬された。

だからショコラちゃんはその死を知らない。

今も帰らないココアを待って、ぽつんと一匹、餌皿の前にいる。ずっと待ってる。

「よく猫は犬より薄情だと言われますけど、そんなことはないと俺は思います」

一緒にものを食べる幸せ。それを感じるのは猫だって同じだ。ここの猫たちだって、気ままに見えて、食べるところを見ていて欲しいとねだったりする。一人じゃ寂しいから。

猫だけじゃない。犬だって。

飼ったことはないけど鳥や魚だって同じだと思う。

「だから……。今日は雰囲気におされて食べてくれただけで、ショコラちゃんがこれからも食事をしてくれるかはわからないんですけど」

「……それでも、この子は自分から食べてくれたもの」

朱里さんが言った。

「駄目ね。こんなことにも私気づけなかった。だからショコラは助けてって私に言わなかった。母さんもココアが大変な時に私に連絡しなかったのかもしれない」

朱里さんの顔が自分を責めているようで。郁斗は思わず身を乗り出していた。

「あの、朱里さんは十分すぎるぐらい頑張ってると思います」

え？　というように朱里さんが目を見開く。

「それがわかってるからお母さんは連絡しなかったんじゃないでしょうか。自分も頑張らなきゃって。ショコラちゃんもそんな頑張ってる人たちを見ているから、自分も抱え込んじゃったんじゃ。その、俺から見たら皆が頑張りすぎちゃっただけで、悪い人なんかいないと思います」

また、踏み込み過ぎてるかもしれない。けどこれだけは言いたかった。

「だから、その、朱里さんもたまには自分を褒めてあげてください」

ショコラちゃんやお母さんを気づかってあげるなら、自分のことも助けてあげて。

「その、自分で自分を褒めにくかったら、俺が代わりに言いますから。……よく頑張ったね、朱里さん、って」

大きく見開かれた眼に、涙がにじんだ。

朱里さんは郁斗の言いたいことを汲み取ってくれたようだった。うつむいて涙をこらえる。それを察したのか、ショコラが朱里さんの腕に顔をすりつけた。

互いを想いあう、仲の良い家族の姿がそこにあった。

「……また、食事の時間に来てもいいかしら。ショコラと一緒に」

そう言うと。

朱里さんは〈猫茶房　龍仁庵〉の会員カードを二枚、朱里さんの分とお母さんの分を受け取り、大事にバッグに入れて帰っていった。

「一件落着、だな」

鷹見が言いつつ、ドッグフードクッキーとは別にもちこんだクーラーボックスを、どんっと音を立ててテーブルに置いた。

「だが、人も猫も食べられるドッグフード風クッキーが猫カフェの看板ではさすがにしょぼい。そちらは裏ネタメニューということにして、まともな人間用の甘味も用意した」

今日は俺が作ってきてやったし、配膳も手伝ってやる、と、鷹見がノートを差し出す。

「お前でも失敗せずにつくれる超簡単レシピだ。今夜から練習しろよ」

鷹見がこれまた持参した、黒いとろりとした上塗りが風雅な美濃焼《みのやき》の器に盛ったのは、猫が興味を示さない美味しいもの、あんみつだった。

透明な水の色の寒天と、小さな小豆粒がキラキラしている。

「うわあ、美味そう」

「和、って感じねえ」

「冬らしく熱いお汁粉をとも思ったが、猫がひっくり返しても危ないし、慣れないうちは店番をしながらの火加減調節はやっかいだからな。冷蔵庫から出して盛り付けるだけのこれでまず慣れろ。季節のフルーツをそえれば見た目も華やかだ。夏は硝子の器に変えてもいい」

鷹見とオーナー、それに猫たちがクーラーボックスの中を覗き込む。

なのに龍神様は相変わらず、我関せずと独りで猫と戯れるだけだ。

（今まではこれが〈普通〉と思っていたけど……）

郁斗は早くに親を失った。だがその後は学校の寮に入って、周りにはいつもにぎやかな声が満ちていた。皆で食べるのが郁斗の普通だった。

それが就職して社会に出て。仕事が忙しくて孤食が続いた。寂しくて寂しくて。いつの間にか心が擦り切れていた。

そんな郁斗を救ってくれたのが、ここにいる猫たちと龍神様だ。

龍神様にこの店を与えてもらって、猫たちと暮らすようになって。食卓に手を伸ばしてくるみー君たちと攻防戦を繰り広げながらとる食事が、また郁斗の〈普通〉になった。

だから。龍神様にも、楽しい、という感覚を味わって欲しい。

人嫌いの龍神様。郁斗は猫たちの世話係とされているだけだし、そんな想いを抱くことすら神に対して不敬かもしれない。それで今まで遠慮していたのだけど。

（俺も、朱里さんみたいに後悔したくないよ）

ただの仕事仲間。神と人。そう距離を置いて、踏み込むのを怖れて。そのせいで、仲良くなっていれば一緒に過ごせたはずの楽しい時間を無にしたくない。

だから、勇気を出そうと思う。

ショコラちゃんと朱里さんが背中を押してくれた。

「あの、龍神様も炬燵に入りませんか？」

あの夕食会の時から炬燵の魅力にはまっている龍神様を、オーナーや鷹見もいる炬燵へと誘う。そして鷹見に頼む。

「あのさ、鷹見。オープン時刻までまだ時間があるし、皆で味見させてもらっていいかな」

「当然だ。味も知らない物を売ったりはできないからな」

手際よく鷹見が人数分、器によそってくれる。

それぞれの前に置かれた、あんみつの器。

寒天の自然な甘み、小豆の風味。好みに応じて調整できるよう黒蜜は別に添えてある。

ここらも小皿に入れた調味料に食材をつけて食べる、平安時代の食事を見慣れた龍神様にはハードルが低いだろう。

さっそくオーナーが手を伸ばす。

「じゃ、味見。うーん、おいしい！　今は冬だから熱いココアとか飲み物に軍配が上がるかもだけど、もうちょっとしたら春だし。きっと売れるわよぉ」

あんみつの隣に並べた淡い琥珀色の梅ゼリーにも、オーナーが木匙《きさじ》を入れる。

「天下のカリスマパティシエ鷹見の和スイーツ食べ放題ってなんて贅沢。って、あら、この味。ゼリーに見えて、もしかしてゼラチンじゃなくない？」

「よくわかりますね。和にこだわって寒天を使ってみたんです」

鷹見が説明する。

たぶんあの夜、洋食には手を出さなかった龍神様に気を使ってくれたんだと思う。

「寒天は乾物だからクリームのように期限切れの廃棄が出にくい。くず粉や餅粉、コスパの面でも和菓子系は優秀です」

涼し気な切子硝子の器いっぱいの透明なゼリーの真ん中に、大きな梅の粒が入っている。

が、龍神様は眉をひそめたままだ。

「食べないんですか」

『……そうじっと顔を寄せ見られていては、ない食欲がさらにわかぬ』

近くで見すぎた。すみません、と謝ってあわてて背を向ける。

『人に背を向けられるのも不愉快だ』

注文が多い試食人だ。龍神様は今一つな反応だが、代わりに猫たちが興味津々寄ってきた。梅の香りは食欲をそそらないらしく眺めているだけだが、ふるふるゆれるゼリーをおもちゃと勘違いしたのか、三匹の子猫が龍神様の膝にのってひょいひょいと前足を伸ばしはじめる。

それを見て、やっと龍神様が木匙に手を伸ばした。

一匙掬《すく》って、口へと運ぶ。

龍神様の眼が驚いたように見開かれた。

『これは……』

瞳が金色に染まり、長い髪がうねうねと意思を持つようにうごめきだす。

わーわーわー、郁斗はあわてて龍神様をオーナーから隠した。これは想定外の反応だ。

「どうだ」

鷹見が訊ねる。

『……ふん、食せぬこともないな』

「素直に美味いと言え」と言いつつも、鷹見は得意げだ。続く動作で鷹見が、きっ、と二階を見上げたのは、カイザーへの宣戦布告かもしれない。

オーナーが盛り付け例にと、ずらりと並んだ和スイーツの写真をとっている。

「珈琲ゼリーもあるのね。洋風だけど、和の器に盛るとかえってお洒落ね。確かにこれなら猫が興味を持たない食材。何より郁君の腕でも作れるわ」

「郁君の腕でも、はよけいです」

でもよかった。これで念願のフードを出せる。軽食にはまだ遠いけど、そのうち品数を増やしていけばいい。

「盛り付け次第では洋風も行けるなら、スコーンとかはどう？　私、焼いてきたげるわよ」

さっそくオーナーがアイデアを出してくれる。

「あれなら薄味だし、バターやクリームはやめてジャムだけ添えたら猫も来ないわ。季節の手作りジャムとかいいんじゃない？　それなら私も店番しながらコトコト煮込めるわよ」

「そっか。和皿に盛って、ジャムの種類も杏子や梨、蜜柑とかの和表記にしたら甘いジャムの香りのするカフェ。いいかもしれない。

「じゃ、私、可愛い和小皿を探してくるわ。ジャムのレシピも」

オーナーがぽんと手を叩く。

何か新しいことが始まるとわかったのだろう。猫たちが、何、何、混ぜて、というようによってくる。

「さあ、試食タイムは終わり。そろそろ開店の時間よ」

オーナーの声に皆が配置についた時、カラリ、と音がした。猫の脱走防止用に一枚扉に改装した格子扉の向こうで、外につながる引き戸が開く。

お客様第二号だ。

ぎゅっと固くバッグを握り締めた女性客。緊張しているのか、顔が強張っている。初めての店に入るのは、ちょっと勇気が必要だ。

入ろうか、どうしょうか。迷う女性の眼が、奥のテーブル席の龍神様にとまる。

猫にまとわりつかれて、無心にゼリーを食べている平安貴族。

その前には〈よろず猫占い、悩みごとお聞きし〼《ます》〉と、小さな看板がたててある。

「こちら、開店記念で特別に猫占いもやってます。いかがですか?」

郁斗は声をかけた。

龍神様の占い師設定は、朱里さんの「藁にもすがるつもりで」という言葉と、オーナーが「差し入れよ」とくれた横浜土産のおみくじ入り中国菓子《フォーチュンクッキー》がヒントだ。オーナーが龍神様の服装を変えろ、とは言わなかったこと。カフェ開店の挨拶に自治会長のところへ行った時に、会長が「昔の喫茶店にはおみくじマシーンってのがあったんだぞ」と時間つぶしにちょうどいい玩具のことを教えてくれたこと。それらを思い出したのだ。

服装や雰囲気を変えられないのなら、いっそ、スピリチュアル系で攻める。

おみくじマシーンの代わりに、悩める人が来たら猫の仕草を見て、「大吉」「小吉」と、告げてくれるだけでいいと龍神様にお願いした。人に上から目線で対せることと、猫たちを膝にのせたままでいいというのが気に入ったのだろう。龍神様も快く承諾してくれた。

オーナーがにこにこしているので、課題の真意は正確に解読できたのだと思う。

オーナーがこそっとささやく。

「店の売り、合格点をあげるわ。龍さんとやらの役割も決まったようだし、頑張りなさい、郁君店長」

「ありがとうございます、オーナー！」

ミッション・クリア。

郁斗は、おしっと気合を入れた。それに驚いたように、受付に向かいかけていた女性客が動きを止める。

これはまずいと、共同経営者として龍神様なりに考えたのか。

龍神様が重々しく口を開いて、扇で差し招く。

『苦しゅうない、立ち入ることを許す』

「どこの殿様だ、お前は！」

すかさず入る鷹見の突っ込み。

それを見た女性の固い表情がふわりとほどけていく。

どんなマッサージよりもきく、つかれた人を癒すスペシャルメニュー。それは龍神様の満ち足りた顔と可愛い猫たち。

〈猫茶房　龍仁庵〉は、今日から、まったり営業開始です。

閑話　オーナーのスペシャリテ

とある、のどかな冬の午後。

郁斗が買い出しから戻ると、店には〈只今、貸し切り中〉の札がかけられていた。

おかしい。〈猫茶房　龍仁庵〉は時間制ではない。ワンドリンク頼めば利用時間無制限だ。が、それでも客は少ない。貸し切りを望む客などいないし、そもそも今日は定休日だ。

(ここに出入りできるのって、龍神様の外は、鍵を持ってるオーナーだけだけど)

首を傾げながら、戸を開ける。

「龍神様？　オーナー？」

しんと静まり返った店に入ると、厨房わきの従業員休憩室から何やら声が聞こえてきた。

「……ふふ、気持ちいい？」

「はい……」

「素直ね。じゃあ、ご褒美をあげるわ。さあ、次はどこを責めて欲しいかしら？」

「む、胸をお願いします。ああっ、じらさないでっ……」

はあ⁉

郁斗はあわてて喫茶スペースを駆け抜けると、暖簾をくぐった。

「いったいなんなんですか⁉」

そこにあったのは。

炬燵に寝っ転がって上に猫を何匹ものせられている、見知らぬ年配男性と、さらなる猫をのせようとしているオーナーの図だった。

確かにこれは気持ちいい。午後のまどろみタイムでやられたら、郁斗も一発で昇天できる自信がある。

だけど何故こんなことに？

「見ーたーわーねー、郁君、私の秘密を」

抱いた猫の前足をくいと曲げ、招き猫のポーズをさせながらオーナーがふりかえる。

「これぞ〈猫茶房　龍仁庵〉の特殊会員向けサービス、必殺、〈全身、毛玉にのられて幸福のあまり天国へ一直線スペシャル〉よ！　もうっ、完成してからお披露目したかったのに、試作の段階でばれちゃうなんて。梓《あずさ》、つまんないっ」

「勝手にメニューをつくらないでください」

ちなみにオーナーのフルネームは栗生梓《くりゅうあずさ》さんという。

（にしたって、今は昼だから神域に帰らず、龍神様が店の留守番を引き受けてくれてたは

ずだけど）

本来の店関係者、龍神様はいったいどこに。と、店のほうを見ると、陽のあたる縁側で、オーナーにのっけてもらったらしき猫に埋もれて撃沈されていた。

……駄目じゃん。

「成人男性だろうがコスプレ男だろうがめろめろにする破壊力、やっぱりうちの子たちは最強だわあ」

「確かに効果があるのは認めますけど」

恥ずかしそうに起き上がった男性が、「失礼したね」と、そそくさと帰っていく。高価そうなスーツが毛だらけだ。郁斗はあちゃあ、と額をおさえた。

「どうするんですか、あの人。これから会社なら、着替えないと戻れませんよ」

「いいのよ、たぁさんは。社長さんだから、重役退社でもう家に帰るところだったし」

社長。そんな身分の人を毛だらけにしてしまったのか。

「だって、郁君がもっと店の売りが欲しいって言うから。人間の三大欲求といえば、モフモフ欲、物欲、睡眠欲でしょ？」

フードメニューが欲しいと思った自分と同じ思考だった。チョイスが違ったけれど。

「それにしても、あんな立派な人でもああいうことされるの好きなんですね」

「ばかね。仕事に疲れた男こそ、癒しを求めるものじゃない」

地位ある男ほど一度つくった印象を崩せないで困るものなのよ、とオーナーが言う。

「たぁさんは会社でも家でも威厳あるしかめ面が定番になっちゃってて。ここまでくると、もう自分でも恥ずかしくて崩せないのよ。で、退職後はゆっくり猫を飼いたい、なんて言い出せない雰囲気なんですって。スコッチ・バーで一緒になった時に、愚痴られたの」

「それは……大変ですね」

結局、毛だらけにしたから、家族にばれてしまうと思うが。

（意外とそれでカミングアウトできるのかな……？）

ふと、自分が会社を辞める決心をつけた時のことを思い出した。あの時、背を押してくれたのは、ロビーの植木越しに見た名も知らない彼女の後姿と、凛とした声だった。

何でも勇気がいるのは最初の一声。

それで猫が飼えるようになったなら、たぁさんも万々歳だろう。

いや、もしかしたらたぁさんもオーナーもそこまで考えて、あえて毛だらけになったのではないか。無意識のうちにしかめ面の現状を、己の解放を望んで。

そっとオーナーの顔を見る。

「……気軽にレンタルできる割烹着を用意しましょうか。本気で猫毛対策したい人用に」

「あら、いいわね」

今、店では靴を脱いであがる畳スペース用の使い捨てスリッパや靴下は用意してある。

が、服装に気を使う女性客への猫毛対策はまだだった。

「ちょっと見たことからサービスヒントを思いつくなんて、郁君も店長らしくなったわねえ」

オーナーにしみじみ言われた。自営業の先達《せんだつ》の言葉が、ちょっと嬉しい。

「何笑ってるの」

「いいえ、恵まれてるなあって」

郁斗は会社を辞めた。

親は亡くしたし、家に帰った時、気づかってくれるような彼女もいない。

なのに扉を開けると誰かがいて、その声が聞こえる。そして思いついたことを声に出すと、ちゃんと聞いて応えてくれる。

これはかなりの贅沢ではなかろうか。

「俺、オーナーに、梓さんに出会えてよかったです」

ちょうど鷹見にもらった新作タルトがある。ふん、おだてても何も出ないわよと照れるオーナーに、珈琲タイムにしませんか、と声をかけて厨房に入る。

講習会に通いつめて、ようやく形になったラテアート付きのスペシャルラテ。

甘い香りのする最初の一杯は、おいしいお菓子とともに、大切な〈師〉であり〈家族〉である人に飲んでもらいたい。そう思ったから。

第二話 偶像《アイドル》の恋

〈猫茶房　龍仁庵〉には、小さいながらも違い棚のついた床の間がある。

店に入って右手の畳スペース、その奥の壁につけた猫用板階段の下。細長いデッドスペースを利用して、小さな茶箪笥を配し、オーナーが季節の草花や器を飾ってくれる。

今は二月、如月《きさらぎ》。節分の季節。

はんなり手毬のような丸い一輪挿しには、邪除《やくよ》けに三葉の柊《ひいらぎ》の枝が活《い》けてある。

この小さな花器は、オーナーの九州《きゅうしゅう》土産だ。「あんたたちはどうせ花より団子でしょうけど」と言いつつ、辛子明太子や長崎堂《ながさきどう》のカステラとともに買ってきてくれた。指でつまめるマカロンサイズの波佐見《はさみ》焼《やき》は、素朴な手描きの唐草模様がとても可愛い。

そんな器に、ふわふわの前足がひょいと伸ばされる。

「あっ、シロ、駄目だよそれはっ」

時すでに遅し。

小さな猫の前足で、一輪挿しはぽんっと床に叩き落とされていた。

「あー、ミケ、クロまでっ」

シロ、クロ、ミケの子猫三匹組は、丸いフォルムの一輪挿しをおもちゃと認識したらしい。

まるきりサッカーだ。

ちょいちょい前足で転がしては互いにとりっこして、閉店後の部屋中を駆け巡る。活けてあった柊はとっくに放り捨てられ、中の水は床を濡らしている。

〈猫茶房　龍仁庵〉もオープンして半月。

あれも足りない、これも足りないとばたばたしていた店もようやく落ち着いて、訪れるお客様への対応にも慣れてきて、郁斗にも猫たちにも周りを見る余裕ができた頃のこと。

店自体は落ち着いたが、完全にここに馴染んだ猫たちの悪戯《いたずら》が活発になって来た。特に元気な子猫三匹組からは目が離せない。

郁斗はあわてて雑巾を取りに走りながら、優雅に珈琲タイム中のオーナーに苦情を言う。

「オーナー、やっぱりこの店に活花《せいか》はまだ無理ですよ」

「変ねえ。前に見た谷中《やなか》の雑貨屋さんの猫なんて、びっしり並んだグラスの間を器用に歩き回ってたけど」

「それはグラスがおもちゃに見えなかったからでしょう」

その気になれば忍者顔負けの華麗な足さばきが可能な猫たちだが、飾ってあるもので遊んじゃ駄目、という人間がつくったルールには興味がない。

特に遊びたい盛りの子猫となれば、気になる物を見つければ、猫まっしぐら。

この前はオーナーが「これならさすがに倒さないでしょ」と、持ってきた皿のように低い花器の水面に浮かんだ花弁をとろうと四苦八苦。剣山《けんざん》の花を散らして、ついでに花器の水をおいしそうに飲んでいた。

水飲み場にはいつでも新鮮な水を飲めるよう、水飲み機にボトルを複数セットしているのに。解せぬ。

「ほら、あれじゃない？　隣の芝は青いってやつ。ココアちゃんのご飯を食べちゃったショコラちゃんと同じで、他人のものが気になっちゃうのよ、きっと」

「そのうち怪我しますよ。この間は風呂場にまで侵入して、沸かしかけのお湯にはまってたんですから。洗ってやろうとした時は絶対、近寄らないのに」

頭のいい猫たちは、鍵かけ対策をしておかないと引き戸でも簡単に開けてしまうから困る。

その時、暖簾を下ろした店の表戸を叩く音がした。

窓の格子越しに暗い外をのぞいたオーナーが、あら、と声を出す。

「猫田《ねこた》さんじゃない、どうしたのかしら？」

「お知り合いですか？」

「知り合いというか。ほら、この前、鷹見ちゃんがキャットフードのＣＭに出たでしょう？」

先月の出来事だ。

友達である犬を亡くした猫のショコラちゃんが餌を食べなくなり、それを打開するために天才パティシエである鷹見に協力を願った。

その時、鷹見は〈人や猫が食べても大丈夫で、見た目も味もドッグフードそのもののクッキーが欲しい〉という難題に応えてくれた。その過程でペットフードメーカーに出入りすることになり、CM出演依頼を受けることになったのだ。

「ほら、私、輸入雑貨の会社も経営してるでしょ？　だから頼まれて、彼の出す皿にふさわしい小物を用意したの。で、撮影にも立ち会ったのよ。その時、名刺交換した人だわ。確か動物タレント会社の女社長さん」

その人が何故？

首を傾げつつ郁斗が戸を開けると、彼女は挨拶もそこそこに手を握り合わせて言った。

「お願いっ、猫を貸して欲しいの。ううん、タレントとしてスカウトしたいのよっ」

1

とりあえず店に招き入れ、珈琲を出し、事情を聴く。

猫田さんは、丸い眼鏡をかけた小柄で親しみやすいアラフィフ女性だった。

彼女が経営する会社は、クライアントの様々な要望に応じて動物タレントを派遣する仕事をしているそうだ。

郁斗は知らなかったが、ああいったテレビに出ている動物は、タレント会社が飼っているわけではなく、ペットショップや動物園、それに写真添付で飼い主が応募してきたペットの中からよさげな相手と契約して、仕事が入れば回す、という形をとっているらしい。

今回、撮影中のドラマで必要な猫の出演依頼があったのだが、タレント登録している猫にイメージに合う子がいなかったのだとか。

「きちんと血統書のついた猫ならいっぱいいるのよ。可愛い日本猫ちゃんも。ちゃんとタレントとして存在感のある子たち。でもね、今回欲しいのはそういう正統派じゃないのよ」

一目見たら忘れられない、インパクト大のブサカワ猫が先方の指定だそうだ。

「CMとかポスターもそうなんだけど。こういう依頼って、こんな猫が欲しいってイメージを、相手が持ってることが多いの。で、難しいけどこちらも仕事だから。なんとか要望に合う猫を用意したんだけど、その子が素人というか、撮影に慣れてなくて」

現場に連れていくと怖がって、ペットキャリーから出て来ず、仕事にならないのだとか。

「それで急きょ、別の猫を用意しないといけなくなったのよ。猫カフェの子なら一般家庭の飼い猫よりは人なれしてるかなと思って」

前に画像見せてもらって、いいな、この子って思ってたんだけど、と言われて、どの子のことだろうと首をひねる。オーナーが「あ、もしかして」と、スマホを取り出した。

「あれ、オーナー、動画とってたんですか」

「この前、鷹見ちゃんからもらったの。彼、『アイツのことなどどうでもいいが、作った料理を拒否られた、その悔しさを忘れないように保存してるんです』って、カイザーちゃんの動画を撮影の合間に眺めてはイメージトレーニングしてたのよね」

「鷹見……」

やっぱ猫好きじゃん。突っ込みつつ、オーナーのスマホを見せてもらう。

孤高のカイザーの動画だ。はるかな高みからこちらを見おろすカイザーの後ろを、一匹のデブ猫がのてのてと歩いていく。

片方がへしゃげた耳、肉に埋もれた目。何よりそのブチの配置。

ブサイクなのに妙に愛嬌があって、忘れられなくなる。こってり焦がし味噌がきいた和《わ》歌山《かやま》ラーメンのように、口の中の独特な脂っぽさが後を引く印象の猫。

「あ、これ、茂吉《もきち》だ」

〈猫茶房　龍仁庵〉の三大デブ猫の中堅。顔にある白地に黒のブチ位置が絶妙すぎて、オッサンにしか見えず、近所の小学生たちから〈茂吉〉と命名されたポチャブサ猫だ。

「あら、茂吉ならいいんじゃない？」

オーナーも一言添える。

「人にもなれてるし、ちょっとやそっとじゃ動じないもの。要望通りよ」

確かに。一口に猫といっても性格は様々だ。

可憐《かれん》な乙女のくせに犬にでも突っかかっていく喧嘩っぱやい子もいれば、未だに人がいると押し入れから出て来れず、幻の猫とあだ名される内気な子まで。二十一匹も世話していると、郁斗は問題児を集めたクラスの引率教師気分になることがある。

が、茂吉はその点、おとなしい。

おとなしいというより動じない。人見知りは一切しないし、カメラのフラッシュでも眼を閉じない。いつでもおっとりマイペースに丸くなっている。店の人気者だ。

「タレント猫の一番重要な資質はね、その猫が持つオーラもなんだけど、何よりカメラ目線で動かずいられることなの。他にも画像見せてもらったけど、茂吉はその点、天才よ」

そこまで褒められると店長としては「この人、いい人じゃん」と照れる。ただ。

「あの、テレビに出たりしたら、隠しててもここの猫ってばれることもあるんですよね？

それで画像が拡散されちゃったり」

茂吉ファンが増えるのは嬉しいが、エスカレートして誘拐騒ぎとかになると困る。なんといってもうちの猫たちは可愛いのだ。

「俺、あまり手を広げるの好きじゃなくて」

「馬鹿ね、何、娘は芸能界にはやらん、なんて厳格な父親みたいなこと言ってるの。駅前の猫カフェなんて、店外に猫スタッフの顔写真並べて、人気順位つけて、別料金で指名まで受けつけてるのよ？　顔出しを怖れてちゃ何もできないわ」

「え、オーナー、また敵情視察に行ったんですか？」

「行ったわよ。行ってナンバーワンのミルクちゃん指名しちゃったわよ。で、ツーショット撮っちゃったわよ、このまま通いつめて貢いじゃいそうな勢いよっ」

通う先は猫カフェなのに、ホストクラブみたいに聞こえるのは何故だろう。

「とにかく。店の宣伝にもなるんだから、行ってらっしゃい。のほほんと現状維持なんてしてたら、あっという間にこんな小さな店、呑み込まれちゃうんだから」

厳命が下された。

「あ、ついでに俳優さんたちのサインもお願いね。店に飾りましょう」

さらにミッションのハードルが高くなった。

「お店なら私が見ててあげる。郁君は店長として、広報活動をしてくること。ご新規さんを一人でも引っ張ってこないとお店には入れないから。いいわね？」

オーナーには世話になっている。それに店のことを出されては経営者として断れない。

郁斗はうなずくことしかできなかった。

《今日、現場に新しい人が来るらしい。猫がメインだけど、どんな人かな。たのしみー。ちょっと気合入れてメイク。取り巻きが増えるのはいつでも歓迎だよ、なーんて、嘘。仲良くしてあげよう》

郁斗は茂吉をペットキャリーに入れ、おやつや水、食器の入ったトートバッグを肩にかけると、猫田さんと一緒に現場へ向かった。

ドラマの収録はスタジオではなく、実際の邸宅でおこなっているらしい。

「雰囲気に合う洋館がなかなかなくて、スポンサーが持ち家を貸してくれたのよ」

「へー、すごいですねえ」

「うちの看板アイドル猫を公共交通機関で引き回して現場入り前から疲れさせる気？　白金なら区でいうと、すぐじゃない。茂吉はもう芸能人なんだからちゃんと車を使いなさい！」と、ノリノリのオーナーにハイヤーを呼ばれて、郁斗はくだんの現場に降り立つ。

さすがは高級住宅地。豪邸ばかりだ。龍仁庵の周囲も大きな邸《やしき》が多いが、こちらは庭も広くてそれ以上だ。

「おはようございますー、猫のデリバリーに来ましたー」

撮影は広い敷地にあるいくつかの建物の内、離れでおこなわれるそうだ。

離れといっても二階建ての一軒家。龍仁庵より大きい。

大正ロマンとでもいうのだろうか。和風レトロが混じった木造洋館だ。アールデコな照明に、黒光りする腰板。細長い格子窓からの陽光は頼りなく、吹き抜けの玄関ホールにしかれた深紅の絨毯には闇が滲んで見えた。

手毬唄になぞらえた連続猟奇殺人がおこりそうな、「天誅！」と青年将校が踏み込んできそうな、文学的雰囲気がある。

郁斗はおそるおそる案内してくれている猫田さんに聞いてみた。

「どんなドラマなんですか？」

「探偵ものよ。猫が相棒のイケメン華族探偵。脚本見せてもらったけど、おもしろいわよ」

「へえ、じゃあ、その相棒の猫が茂吉なんですね。その、死体を発見する役とか、殺されちゃう役とかじゃなくて」

「ええ。探偵の飼い猫で書斎からは出ない設定よ。安楽椅子探偵猫ね。だから茂吉はここ以外での撮影はないわ。死なないから安心して」

良かった。死なないこともだけど、さすがの茂吉もあちこち引き回されたら疲れてしまう。

「主演は売り出し中の若手俳優シンヤ君。彼、まだ大学生なんだけど、去年出た〈変身レイダー〉で若いママさんたちにブレイクして大抜擢されたの」

「レイダー？　マジっすか⁉　俺、子どもの頃見てましたよ」

さっそく撮影がおこなわれている一階広間に招き入れられる。玄関ホールとは違い、大きなフランス窓がいくつも庭の芝地に向かって開いた明るい部屋だ。そして社長の猫田さんの引率はここまで。仕事があるから会社に戻るそうだ。

「郁斗君、こういうところは人間関係が一番大事。うちの会社のためにも頑張って」

「ADの花咲《はなさき》です。主に私が間に立ちますので、よろしくお願いしますね」

製作側の若い女性に案内を引き継がれて、郁斗は固まった。

（美人だ……！）

花咲さんは男子なら誰でも憧れる、おっとり優しいお姉さん風だった。

ふわりと巻いた髪。服装もジーンズではなくフェミニンなスカート。さすがは業界、女優以外でもこんな美女がいるなんて。

「茂吉ちゃんにはこちらに待機場所をつくったので」

言われて、いい匂いがする彼女の後を緊張しながらついていく。

「ここは探偵の自宅という設定で、スタジオのセットでは難しい、重厚な内装が映える場面を撮るの。建物が背後に入る庭や書斎設定にしてる広間や玄関ホールなんかが主ね」

　主人公の探偵は元華族の旧家出身で、祖父から受け継いだ鑑定知識と人脈を駆使して、骨とう品や美術品にまつわる謎を解いていくそうだ。

「だから撮影小物にも壺とか絵画とか高価なものが多くて。片付ける時、緊張するわ」

「え、本物を使ってるんですか？」

「それがこのドラマの売りだから。今あるお皿なんて、保険はかけてあるけど、古伊万里《こいまり》だから四百万は軽くするわね」

「皿一枚で、四百万……」

　すごいところへ来てしまった。

「はい。ここが茂吉ちゃんの待機場所。個人宅だから個室は用意できないの。ごめんなさい」

　花咲さんに言われて、茂吉のペットキャリーをおろす。撮影がおこなわれている広間の隅に簡単な柵とクッションマットが設置されて、可愛い猫ベッドやおもちゃが置かれている。

「これ、用意してくれたの、花咲さんですか？」

「ええ。足りない物とかはない？」

「じゅうぶんです、というかいたれりつくせりでびっくりしました。ありがとう」

花咲さんはここの雑用係というか、何でも屋をしている下っ端さんだという。

でも、ちょうど休憩に入ったからと挨拶のために引き合わされた他のスタッフたちは、謙遜だよ、と、にこにこしながら花咲さんを「スタッフのアイドル」と褒めまくる。

「こんな可愛くて気配りのできるAD、そうそういないもんな」

「人間関係の調整から心のケアまで、花ちゃんがいないと回らないよ。監督も頼りきり」

「あー、それ、わかります」

出会ってまだ十数分だが、郁斗もいろいろ教えてもらっている。

「しかも花ちゃん、お嬢様。局の大物の娘さんなんだよ。お父様の仕事を知りたいって、わざわざ現場に飛び込んできてくれて。なのに全然気さくっていうか、聖母だよ」

言われて、花咲さんが真っ赤になって、そんなことないですよ、と手を振る。

「真に受けちゃだめよ。アイドルっていうのは、シンヤ君や彼女みたいな人のことだから」

「彼女？」

うながされてふり返ると、主役を務めるシンヤ君がカメラの前から離れたところだった。

遠目でもわかる、笑顔が眩しい爽やか男子だ。

今は役にあわせてレトロなドレスシャツに明智小五郎《あけちこごろう》みたいなベストを着ているが、一生懸命な姿で皆に勇気を与えてくれる、ヒーローのイメージそのもの。時代がかった服も彼が着るとぴったりで、すごくお洒落に見える。イケメンは時代を超えるのだ。

すかさず「キャー、シンヤ君」と見学していたブレザー制服の女子高生たちが駆け寄った。こんなお邸より賑やかな繁華街が似合いそうな子たちだ。

その中に一人だけ、輪から外れている子がいる。

(わ、可愛い)

お人形みたいだ。さらさらの髪、小さな白い顔。硬質な表情がビスクドールめいて、他の子とは違う、お嬢様学校で有名な私立の黒のセーラー服がよく似合う。

「あの子がこの家の持ち主でスポンサーの娘、未礼《みれい》ちゃん。他はその取り巻きよ」

取り巻き、というわりに、ブレザー女子たちは未礼ちゃんをほったらかしにして、シンヤ君や他のスタッフにばかり絡んでるけど。

「ごめんなさい、ちょっとうるさいけど我慢してもらえる？　もともと彼女がシンヤ君のファンで、ここを貸すようにお父様に頼んでくれたの。だから入り浸ってても注意しにくくて。今日はシンヤ君に会わせてあげるって、前の学校の友達も招いたみたいで」

それでか。輪には入っていけずにいるけれど、未礼ちゃんの顔には取り残されたような影はない。招いた側の鷹揚さというか、与えた余興を楽しむ臣下を見守る女王様といった余裕がある。

「だから制服が違うんですね。でも前の学校って？」

「お嬢様といっても、未礼ちゃんはお父様の事業が成功してここに越してきたのもここ数年のことなの。新しい学校も秋に編入したばかりで馴染めてないらしくて。私も親の都合に振り回された帰国子女だから、彼女の立場わかるわ」

花咲さんは未礼ちゃんの今の学校のＯＧだそうだ。なので未礼ちゃんも花咲さんにだけは心を開いていろいろ相談しているらしい。

「中途半端な時期の編入ってきついのよ。へたにカーストがあるクラスにあたると特に。未礼ちゃんはお父様たちも仕事で忙しくてかまってもらえてないみたいだし」

花咲さんは言葉を濁すが、今の未礼ちゃんは学校でのストレスもあって、自由になる家ではちやほやされないと気がすまない難しい子になっているらしい。前の学校の子たちを招いたのも、お嬢様学校の今のクラスメイトより上位に立てて優越感を得られるからとか。

「そんなふうだから他のスタッフからも腫れ物扱いなのよ。でもあの子も悪い子じゃないの。ここで発散するしかないだけで。郁斗君も彼女のことはそっとしておいてあげてね」

何かあったら私に言ってねと言う花咲さんの顔は、まさしく聖母のものだった。

(今どきのお嬢様も大変だなあ)

いや、大変なのはお嬢様だけでなく、芸能人もかもしれない。

撮影禁止と強く言えなかったのか、スマホを出した女子高生に囲まれて、シンヤ君が困ったように立ち尽くしている。これでは休憩にならないだろう。

気の毒に思っていると、花咲さんがぽんと肩を叩いた。

「もうシンヤ君には挨拶したの？」

「え？　いえ、まだですけど」

「まあ、シンヤ君は主演だし、茂吉ちゃんの相棒でもあるのよ。最優先で挨拶しなきゃ。ついでに助けてきてあげて。今日はマネージャーさん、別の打ち合わせに行ってて、シンヤ君をガードする人がいないの。本人が断ると印象が悪くなるし」

あの中に割って入れと？

思わず引いたが、花咲さんはすでにスタッフが休憩している席にシンヤ君の椅子を用意している。こちらの輪も年上スタッフばかりでシンヤ君が気を使いそうだが、しょうがない。抱いた茂吉を盾に、突撃する。

「あの、今日からお世話になる猫タレントの茂吉です。よろしくお願いします！」

眼をつむったまま一気に言って礼をする。と、しんっと間があいた。

おそるおそる顔をあげると、次の瞬間、女子高生たちが大爆笑した。

「え、何、この猫」

「超ブサカワ！　受けるんですけど」

なんか食いつかれた。

「お兄さん、スタッフ？　豆柴みたいで可愛い。メアド教えて」

……いや、豆柴って、俺、君らより年上の二十六歳なんだけど。

「うちらバイトあるし、あんまりここ来れないから。未礼やあのおばはん見張ってて欲しいんだ」

………おばはんって他に女の人いないし花咲さんのことか？　てか、見張れって何？

よくわからないが若さに圧倒される。

だがとりあえず任務は果たした。これでシンヤ君もゆっくりできる。

一仕事やり遂げた感になってふり向いて、郁斗は固まった。何故だ。シンヤ君はこれ幸いと立ち去らず、こちらをじーっと恨めしそうに見ていた。

（もしかして、困ってるように見えて実は女子に囲まれて喜んでたの⁉）

それならまずい。

郁斗はあわてて「茂吉が疲れるので」と、女子高生たちから距離をとった。が、シンヤ君はこっちを見たままだ。花咲さんが話しかけても心ここにあらずで。

そしてそれをすごい目で見る未礼ちゃん。遠巻きにひそひそ言っている女子高生たち。

……ここの人間関係がわからない。助けて。

《今日は笑えたー。猫タレントっていうからどんなかと思ったら、超ブサイク。だけどそ

んな猫でも可愛いって言える私、天使？　なーんて（笑）。付き人もいい子》

撮影は、メンバーを変えて翌日もおこなわれた。

茂吉もおよびがかかったので、朝から現場入りだ。今はまだ学校があるから、未礼ちゃんたちはいない。昨日みたいな失敗はせずにすみそうでちょっと安心と思ったら、シンヤ君が昨日とは真逆の、蕩《とろ》けそうな笑顔で駆け寄ってきた。

「あの、茂吉にさわっていいですか？」

シンヤ君の頭にピンとたった耳と、パタパタ千切れんばかりのしっぽが見えた気がした。

「あー、癒される」

いいよと言ってキャリーの扉を開けると、茂吉にすりすりしつつシンヤ君がうっとりした声を出す。「可愛いですね」と言う顔は本当に愛《いと》しそうで、演技のために猫慣れしようとしている、そんな風には見えなかった。茂吉も自分からもこもこと抱かれにキャリーから出ていくし、意外だ。

（昨日の共演で仲良くなったのかな）

誰にも動じないだけに、かえって特定の人をつくらない茂吉が、こんな風に自分から行動したのは初めてだ。相性がいいのかもしれない。

「茂吉もシンヤ君のこと気に入ったみたいだよ。もう顔も覚えてるし」

「ほんとですか⁉　嬉しいなあ」

「猫、好きなんだ」

「はい！　でも親がずっと転勤族で、飼えなくて。犬なら散歩途中の子でも飼い主さんに断ったら、なでたりさせてもらえるでしょう？　でも猫って無理じゃないですか」

遠くから眺めるしかなくて、欲求不満だったそうだ。

「あ、もちろん猫なら何でもいいわけじゃないですよ。最初は猫ってことで触ってみたかったけど、今は茂吉だから。ほら、茂吉って他にはない飾らなさってありません？　自分のことも人のこともわかってて、押し付けてこない自然体っていうか」

「……そんなに美化、いや、深く茂吉について考えたことなかったよ。シンヤ君、すごいね。俺より茂吉のことわかってるかも」

さすがはキャラを演じる俳優だけのことはある。相手の分析・観察能力がすごい。

「言われてみると、茂吉ってこの顔のせいでネタにはされても、可愛がられるってなかった気がする。だから最初からあきらめてるとこあるかも」

店のお客たちも一通り写真をとると、他の猫と遊ぶために茂吉から離れていく。郁斗も他に手のかかる猫がいるせいもあり、おとなしい茂吉の相手は後回しにしがちだ。

「……もしかして、茂吉、何も言わないけど寂しがってたのかな」

悪いことをしたなと思う。その他大勢ではなく、誰かのオンリーワンになれること。それはやはり嬉しいことなのだろう。

せめてここにいる間くらい、茂吉だけにかまってあげよう。

そう決めた郁斗は、茂吉の相手をしながら成り行きでシンヤ君といろいろ話しだす。シンヤ君は思った以上に人懐こい子だった。昨日、ぎくしゃくしていたのが嘘みたいだ。それを言うと、シンヤ君が照れたように赤くなった。

「俺、実は応援してくれる人との距離って勉強中なんです」

誰か近くの子に優しくすると、遠いところの人にフェアじゃない気がして。それに相手が抱くイメージを壊すのも申し訳ない気がして、ファンの子がいると、つい、言動がぎこちなくなるそうだ。今日、満面の笑みでやってきたのも、未礼ちゃんたち部外者がいなくて素を出せたからだとか。……なんだかすごく初々しい。こんな誠実なところが演技にもにじみ出て、未礼ちゃんもファンになったのかもしれない。

シンヤ君が床に胡坐《あぐら》をかき、茂吉を抱きながら屈託なく笑う。

「猫好き男子って少ないんですよね。口に出さないだけかもしれないですけど。だから郁斗さんと話すのってすげー楽しいです」

「俺もだよ」

オーナーは猫好きだけど目上の人だし、龍神様も神様だから砕けた話はやっぱりしにくい。同い年の鷹見は自称、猫嫌いだ。猫好き仲間ができて郁斗も嬉しい。

「マネージャーさんには、ほどほどにって言われるんですけど。締まりのない顔を見せるなって」

「あー、確かに。今の顔すごいことになってるよ。服も」

笑って、シンヤ君の頬についた猫毛をとる。シンヤ君も、あー、監督に怒られる、とあわてて服の毛をはらう。そこへ、おーい、と声がかかった。

「あ、出番みたいだよ、シンヤ君」

「あ、ほんとだ。じゃあ、見ててください、師匠のために、渾身の演技してきます」

ん？　師匠？　シンヤ君の眼が熱い。なんか茂吉ともどもなつかれたみたいだ。

撮影現場は人間関係が大事。よけいなやっかみをかうから、俳優さんや監督さんとは仲良くしすぎないことと、花咲さんに教えてもらっていたんだけど。

（まあ、猫話してただけだし、これくらいなら）

そう楽観した郁斗だが。雲行きが怪しくなってきたのは、その日の午後のことだった。

「次、茂吉ちゃんの出番だから、そろそろ準備をお願いね」

花咲さんに言われて、茂吉を迎えに行く。その時、郁斗は茂吉から離れた場所にいた。他のスタッフとも仲良くなったので、待機中は彼らの手伝いもするようになっていたのだ。

急いで茂吉のところへ戻ると、そこに未礼ちゃんがいた。

猫嫌いと聞いたのに、茂吉相手に真剣な顔で猫じゃらしをゆらしている。

が、茂吉は顔を横に向けたままだった。

（茂吉――！）

スポンサーサイドの機嫌を損ねてどうする。

未礼ちゃんには近づくなと言われているが、フォローしないわけにもいかない。

「あの、ごめん、茂吉、ふだんはこんなことないんだけど……」

「……何よ、その話し方。そんなにおびえて、私、あなたに何かした⁉」

おそるおそる話しかけると、いきなり未礼ちゃんが爆発した。

「私、茂吉を虐めたりしてないし、無視もしてない。あなたのことだって、ずっとシンヤ君と一緒だけど焼きもちとかやいてないから。だから皆に私の悪口言うのやめてよね。陰でこそこそ、最低！」

ばしっと猫じゃらしを床にたたきつけると、未礼ちゃんが去っていく。

悪口って何だと茫然としていると、これまた当惑顔の花咲さんがやってきた。

「大丈夫？　たぶん誤解だと思うけど、あんなこと言うなんて何かあったのかしら。でも念のため、未礼ちゃんがいる時は他のスタッフと少し距離をおいてくれる？　その、茂吉ちゃんの撮影はあと少しだし、お互い気持ちよく終わりたいし。もし未礼ちゃんの機嫌を損ねてここを使えなくなったら、皆に迷惑をかけるから」

花咲さんがこれ以上こじれないようにと気を使ってくれる。ここに来たばかりだというのに、さっそく人間関係でやらかした郁斗は、顔をあげられない。

すみませんと謝って、それでも仕事をしないとと茂吉を抱き上げた時、郁斗は茂吉の視線の先にシンヤ君がいることに気がついた。

（茂吉、シンヤ君を見てただけで、未礼ちゃんを嫌ってたわけじゃ……）

傍《そば》に置かれた紙袋には、未礼ちゃんが持ち込んだらしい大量の猫グッズが入っている。すべて違うメーカーのもので、通販のみのものまである。未礼ちゃんは丁寧にネットで調べて買ってくれたのだ。

「……あの、少しだけ茂吉をお願いしていいですか」

「え？」

「未礼ちゃんを、追ってきます」

確かに少し言動に険のある子だけど、悪い子じゃないと思う。なのに未礼ちゃんはきっと茂吉に嫌われたと思い込んでいる。

花咲さんが微妙な表情だが、郁斗は、すみません、すぐ戻ります、と謝って未礼ちゃんを追った。が、見つからない。離れを出て、家族と暮らす本館へ帰ってしまったらしい。

さすがにそちらまで押しかけるのはまずい。また今度会った時に説明するしかない。

茂吉がここへ呼ばれる残り日を指で数えて、郁斗は深くため息をついた。

《むかつく。私を無視して。優しくしてあげたのに。シンヤ君にもとりいって、他のスタッフたちにまで！　でもそれも今日で終わり。猫の出番終わったもんね。二度と来るな》

今日は茂吉の撮影最終日。

結局、あれから未礼ちゃんの誤解を解くどころか、せっかく仲良くなった他のスタッフとも距離をおいたせいかぎくしゃくして。正直、今日で上がりなのは助かった。

撮影を終えて、挨拶もすませて、郁斗はタクシーが来るのを邸の門前で待っていた。

心が疲れた時は甘いものを食べるに限る。確か近くに鷹見が三号店を出していたはずだ。

「あー、結局、オーナーのミッション、こなせなかったなあ」と、スマホで店の場所を確認していると、誰か来たのか、手元に影がさした。

シンヤ君だ。ここまで駆けてきたのか、息を切らせしている。

ジーンズにロゴ入りパーカー、明るい色のダウン。それに変装のためか、太いフレームの眼鏡に帽子をかぶったカジュアルな私服姿だ。これはこれでかっこいい。

「あのっ、俺も今日は上がりで。よかったら駅まで一緒に乗せてもらえませんか？　今日で茂吉は最後だから、離れがたくて」

そう言われると断りづらい。一応、未礼ちゃんが見ていないことを確認して、シンヤ君とやってきたタクシーに乗る。相変わらずシンヤ君のマネージャーさんは放任主義だ。順が逆になったけど、シンヤ君にスマホを見せる。

「駅まで送るのはいいけど、途中、この店に寄り道してもいいかな」

「え、ケーキ買うんですか？　じゃあ、一緒しても？　俺も甘いもの好きで」

「シンヤ君と一緒じゃ目立つんじゃないかな」

「大丈夫、私服だとわからないみたいだし。だから俺、けっこう電車移動多いですよ」

茂吉のバッグを持たせてと言われたので、シンヤ君に渡す。網越しにシンヤ君とちょいちょい手をくっつけあったりして茂吉も嬉しそうだ。

（茂吉、これでお別れだって、わかってないんだよなあ）

シンヤ君が普通の男の子なら、龍仁庵まで来ない？　と誘えるのに。

鷹見の三号店は大通りに面したビルにあった。ガラス張りの吹き抜けで、一階の店舗と二階の喫茶部が外からよく見える、開放的な作りだ。

「いらっしゃいませ、テイクアウトですか、それとも……」

まだ新規開店間もないので、扉の所に整理係のお姉さんがいた。にっこり笑って案内しようとして、シンヤ君に気づいたらしい。固まってしまった。

（あ、やっぱり。イケメンオーラがすごいもんなあ）

食べ物を売る店に猫はまずいし、シンヤ君には店の前で茂吉と待っていてもらおうと思っていたが、無理そうだ。どうしようと考えた時、吹き抜けになった店を見おろす二階の喫茶席に、見知った男たちがいるのに気がついた。

「あら、郁君。偶然ね」

「オーナー、それに龍神様……」

南欧リゾート風というのか、襟元に深紅のスカーフがのぞくスーツ姿のオーナーもたいがいだが、龍神様はいつもの平安装束のまま。しかもスイーツに集中して目くらましの術効果が弱い。おかげで神々しい美貌がだだ漏れで、周囲の注目を浴びている。

（人外の存在だってばれたらどうするんですか――！）

郁斗はあわてて階段を駆け上ると、テーブルに手をついた。

「二人とも、何やってるんですか！」

「だって、今日で撮影最後でしょ？　記念に見学したいなと思ったのよ。ついでに鷹見ちゃんの店に寄りましょうって」

『我は猫たちの守護神ぞ。茂吉の頑張る姿を見ずに何とする。それにここに来ねば食せぬ〈ちょくえいてんげんていすい～つ〉なるものがあるというのでな』

「……龍神様、店から出ようと思えば出れたんですね」

今までいくら誘っても出ないから、神様世界の決まりごとでもあるのかと思っていた。

それにしても千年ぶりの外出が店舗限定スイーツにひかれてとは。つい一月前はキャットフード推しだったのに、この進化ぶりはなんだろう。

「でもそれでどうしてここに？　現場にはきませんでしたよね」

「あら、行ったのよ。でも龍さんこの格好でしょ？　猫田さんの名刺も出したけど、怪しいって追い返されちゃったの。無理もないわね。キャラが濃すぎるわ」

そう言うオーナーだって赤い薔薇が似合うラテン系。ハーレクインの大富豪か、怪傑ゾロかという容姿にオネエ言葉だ。じゅうぶん濃いと思う。

「で、ここでやけ食いしてるの。うーん、おいしい。イライラが吹き飛ぶわあ。見た目も最高。お皿のソースやフルーツが絵画みたい。テイクアウトでは味わえない贅沢よ」

「事情はわかりましたがこのずらりと並んだ空き皿は。どうしてさげてもらわないんですか」

「いくつ食べれるか龍さんと競争してるの。それにこれだけあるとおもしろいでしょ」

オーナーはうきうき言うが、男二人でスイーツを貪り合う状況だ。

こっそり画像をとる人どころか、窓の外にもちらほら足を止めて眺める人が出始めている。

「おい、保護者。来たなら、とっととこいつらを連れて帰れ」

騒ぎを知らされたのだろう。渋い顔の鷹見が現れた。

初めて見る白のコックコート姿が新鮮だ。シンプルな腰に巻き付けるタイプのエプロンが、鷹見の無駄のない体つきを強調して、さらに撮影音が増えた気がする。

「ごめん、鷹見。迷惑かけちゃって」

「いや、完全に迷惑というわけでもないんだが。二人ともこの外見だ、客足も伸びた」

それなら文句はないだろうに、鷹見はうかない顔だ。

「ホール係が俺のサービスだからと、どんどん運んだのに調子に乗って、店の甘味を全種類、完食しやがった。こいつらの胃袋はどうなってる。見るだけで胸やけする」

「あ、オーナーって激のつく甘党で、スイーツバイキングは出禁をくらうレベルだから」

龍神様にいたっては、本体は巨大な龍だ。当然、胃袋も大きい。

「すごい。郁斗さんてあの鷹見さんと仲良しだったんですね。オーナーさんはかっこいいし、龍さんも上から目線が俺様で。郁斗さんの周りってキャラ濃い。勉強になります」

店前にいると通行人が集まってくるからと、特別に猫持ち込み許可をもらったシンヤ君もやってくる。本人に悪気はないのだろうが、素直で爽やかな新たなイケメンの登場に、周りの撮影音がさらにヒートアップした。

「は、ははは……」

これ、どう収拾つけるんだと遠い目になっていると、可愛いコーラルピンクのコートをなびかせて、花咲さんが店に現れた。こちらを見つけると、息せき切って階段をのぼってくる。

「え？　どうしたんですか、花咲さん。俺、忘れ物でもしてました？」

「シンヤ君、郁斗君、これ」

青ざめた花咲さんが見せたのはSNSの画像だ。

シンヤ君とオーナー、鷹見、龍神様、それにおまけの郁斗がそれぞれ映って、すごい数のリツイートなどがついている。

「シンヤ君の事務所から連絡があって、探してたの。このままじゃすぐここが割れちゃう。ファンが押しかけたら大変だから、撤収して」

ざっと血の気が引いた。

「た、鷹見、請求書、店の方へ回してくれる？　ごめんっ」

郁斗はあわてて頼むと、まだパフェを食べている龍神様とオーナーを引っ張って店を出た。念のため、タクシーに待っていてもらってよかったと、つくづく思った。

《何よ、何よ、地味な付き人が、何、私の知らないとこでシンヤ君と画像撮られてるのよ。信じらんない。他の馬鹿も、いいね、なんかするな。……超、眼障りなんですけど》

結局、鷹見の店のケーキは買えなかった。

「お詫びに別の店でよければケーキおごります、一緒に行きませんか」

シンヤ君に誘われたが、さすがにこれ以上の騒ぎは猫田さんにクレームがいってしまう。

ごめんねと別れたがシンヤ君の顔が寂しそうで、良心がとがめた。

（一人暮らしって言ってたもんなあ）

彼なら大学の友達もいるだろうし、華やかな世界の住人なのだから、誘えばお茶してくれる人に事欠かないだろうけど。

撮影現場に行くこともなくなって、和やかな日常が戻って数日後。

郁斗は湯気をあげる土鍋を炬燵に運びつつ、猫と遊んでいる龍神様に声をかけた。

「今日の夕食は鷹見直伝の便利リゾットですよ、龍神様」

最近は甘味だけでなく、夕食も一緒に食べるようになった龍神様と炬燵に入る。

ほかほか簡単リゾットは調理器具は土鍋一つ。刻んだ玉ねぎとセロリ、エノキ、ニンジンを土鍋を使ってバターで炒めて、水とコンソメを放り込んで。煮立ったら、余った冷凍ご飯を投入。今日はエビだが、ベーコンを入れてもおいしい。塩コショウで味を調え、これまた冷凍してパリパリになったのを手でもんで崩したパセリを彩りよくかけて完成だ。

冷蔵庫の中が一掃できて、かつ、栄養もとれるすぐれものだ。材料によっては味付けを変えて、和風、中華風もできると教えてもらった。

猫たちにはいつものキャットフードの他にささみや湯がいた竹輪もそえて。

手を合わせて、いただきます。

フライングでみー君が皿に顔を突っ込んでいる。盛大に竹輪が皿から躍り出たがもうこら辺は開き直った。防水シートをしいて、後で片づけることにしている。

「はい、熱いから気をつけてくださいね。デザートには冷凍蜜柑を用意してますから」

『む、この蝦《えび》とやら。美しい色合いで誘っておきながら、何たる破壊的な口触り』

「あ、それ、殻ごと食べちゃダメですよ。出汁とるのに丸ごと茹でただけで。はい、剥いたの、お皿のここに入れときますね」

『ならば蜜柑とやらもなんとかせよ。あの白いすじすじはいったい何のためについておるのか。我を不快にさせるためとしか思えぬ』

温かい料理に目覚めた龍神様のため、エビを冷めないよう食べるスピードにあわせてむいていると、うろうろ出入りしている猫の数がなんとなく足りないことに気がついた。

「あれ？　誰だろ。あ、茂吉か。どこ行ったのかな」

『茂吉なら二階じゃ。〈きゃりーばっぐ〉の中におる』

「え？　なんでそんなとこに」

『どうやら茂吉はあの〈しんやくん〉とかいう若者に会いたいようだの。あそこに入れば、連れて行ってもらえると思っておるのじゃ』

「それって……」

胸がつまった。郁斗はスプーンをおいて、暗い二階を見上げる。

龍神様は郁斗より茂吉たち猫との付き合いが長い。神様でもあるので、猫との意思の疎通も郁斗より正確にできる。だから。それは、きっと本当。

「……どうしましょう。もう撮影は終わっちゃったんですけど」

『それがどうかしたのか。あの若者は別に根の国に旅立ったわけではなかろう。今は夜ゆえ無理かもしれぬが、会いたければいつでも会えるではないか』

不可思議そうな龍神様に、シンヤ君は仕事で一緒になっただけで、いつでも会えるわけではないことを説明する。

『わからぬ。同じこの〈とうきょう〉の地におるのであろう？　あの便利な〈すまほ〉とやらをつかってここに呼び寄せればよいだけではないか』

龍神様はまだ不可解な様子だが、郁斗はシンヤ君の連絡先すら知らない。

いや、知っていたとしても。シンヤ君は忙しい。有名人だ。鷹見の店での騒ぎを考えると、本人がその気になってくれても、事務所に止められる可能性がある。

そこらを説明すると、龍神様も黙ってしまった。どうすればいいかわからないようだ。

「茂吉、ごめん……」

中途半端に仲良くさせてしまった。正直、ここまで茂吉がなつくとは思わなかったのもあるけど。

「……そっとしておくことしか、俺、できないのかな」

猫たちを守りたいと、この店をつくったのに。

それにこうして反省しても郁斗は茂吉にかかりきりにはなれない。他の猫たちの世話がある。今夜の仕事、猫洗いに移らないといけない。数が多いので、数日に分けて順番に洗っているのだ。

「こら、逃げるなクロ。十両前もびしょびしょのまま堂々と風呂場から出ちゃダメだって」

嫌がる猫を洗うのは重労働だ。一匹ずつ洗ってドライヤーで乾かして、ようやく一息つく。

(これだって、機械的作業になりがちだしなあ)

郁斗の猫への愛は変わらない。〈龍仁庵〉にいる猫たちには公平に接しているつもりだ。だがやはり皆の世話係というスタンスになってしまう。誰かのオンリーワンにはなれない。

(だから、俺、〈龍仁庵〉はただの猫カフェじゃなく、保護猫カフェを目指したんだけど)

保護猫カフェ。

それは地域猫や捨て猫などを保護し、里親を探す団体が経営する、猫の避難所のことだ。チラシやネットなどで里親を募集し、受け入れ態勢ができている家かどうか、飼い主候補の人柄までをも見て、猫と人のマッチングをする、非営利団体。

郁斗はここの猫たちが好きだ。ずっと一緒にいたいと思う。

だが郁斗一人では二十一匹もの猫たちに彼らが満足できるだけの愛を注ぐのは難しくて。だから猫たちに、オンリーワンの家族をつくってやりたいと思うのだ。

龍仁庵のお客様の中にもいい人がいないか探しているが、今のところ特定の猫と相性がいい人はいない。そもそもたいていの人は猫が飼えない環境だからここに来ている。

「難しいよなあ」

洗い終わった猫の体調を確認して、風呂場もきれいにして、最後に猫トイレを掃除するために、一階奥のトイレ部屋へ入る。

畳二畳分くらいのその部屋には、二段になった猫トイレがずらりと二列、並んでいる。二十一匹も猫がいると、トイレ掃除だけで大変だ。

なんで皆、下段だけ使うかな、とぼやきつつ掃除していると、赤いものが目に入った。

変色した猫砂ではない。

「血⁉」

あわてて猫たちを調べる。血尿を出していたのは茂吉らしい。病院へ連れていくと、お医者さんに言われた。

「膀胱炎ですね。猫の場合、環境の変化とかストレスで発症することが多いんです」

心当たりがありますか、と言われて、シンヤ君のことを思う。撮影の間は何ともなかったのだから、現場がストレスになったとは思えない。

（もしかして、茂吉……）

家に帰り、郁斗はまだバッグに入ったままの茂吉を、枕元に移動させる。

「茂吉、今夜は一緒に寝ような」

電気を消して横になると、さっそく猫たちがよってきた。ぐいぐい顔を押しつけて布団の中に入れてくれと言うのは寒がりの〈桜《さくら》〉。大の字になった郁斗の腕に顎をのせるのは茶の縞が可愛い〈みりん〉。足の間にすっぽりはまってくるのは態度のでかい〈ラオウ〉と〈ミク〉。遠慮しているのか、掛布団の隅にそっと身を横たえるのは〈新之助《しんのすけ》〉。

一緒に暮らし始めて四か月。皆、すっかり定位置ができている。

闇にかすかに息づく猫たちの気配。部屋のあちこちから聞こえる小さな音。

身じろぐ音、ふわあ、と欠伸する音。たまにまじる可愛い泡のような寝言まで。

皆眠って静かな時間。静かなのに、一人じゃない。いろんな音がするのにうるさくない。

不思議で、ゆったりとして、心が落ち着く時間。

皆、自分の居場所をしっかりつくっている。

こうして自己主張してくれる猫ならいい。ストレスはためていないと安心できる。だけど茂吉のように甘えたい心を我慢している猫はどうやって見つければいいのだろう。

ふと思った。人に囲まれていたシンヤ君。彼は今どうしているのだろうと。

皆の偶像。皆に憧れられて、皆のもので、一人のものでいてはいけない、自由のないシンヤ君。彼に心安らげる真の意味での居場所はあるのだろうか。

誘いを断った時の顔が思い浮かんだ。病院で検査のため採血されている茂吉の顔も。

ぴりっと胸が後悔に痛む。

強引にでもシンヤ君のアドレスを聞いておけばよかったのか。

郁斗は顔をふる。もう寝よう。茂吉のことは龍神様にも頼んで、なるべく気をつけるしかない。……それで、今度は他の猫がストレスをためるかもしれないけど。

(考えるな。多頭飼いしている以上、いずれはぶつかる壁なんだから)

郁斗は固く目をつむった。歯を食いしばり、それで歯磨きを忘れていたのを思い出した。

……駄目だ、まだ眠れない。

「ごめん、皆、ちょっとどいてくれる？」

言ってみたが、猫たちがどいてくれるわけもなく。郁斗は猫たちの抗議の声を受けつつ、起き上がるために皆をどかすことになった。

《嘘、信じらんない。あの猫がレギュラーになった。シンヤ君だけじゃなく監督も皆も推したんだって。なんで他ばかり？　私こんなに尽くしてるのに。私のことは誰も見てくれないのに。なんでなんで……》

もう会うことはないと思っていたシンヤ君との再会は、予想外に実現した。

茂吉の画像を見た上の人たちが、視聴率がとれるとふんで、茂吉の出番を増やしてレギュラー入りさせたのだ。鷹見の店での騒ぎの時、あれだけあわてて迎えに来たにしてはおおらかな対応だ。茂吉は嬉しそうだけど。

(さらになついたら別れの時がもっときつくなるんだけどなあ)

問題は解決したような、してないような。だって末礼ちゃんの視線が前よりきつい。

ため息をついていると、ニヤニヤ笑いのスタッフに話しかけられた。

「よ、久しぶり、復帰おめでと。でも知ってる？　噂になってるよ、君とシンヤ君」

「最終日、二人で帰ったんだって？　大丈夫、俺、理解あるから」

さすがにそこまで言われると郁斗でもわかる。末礼ちゃんの眼付きはそのせいか。

何で一緒に帰ったくらいでそんな噂が、と、パニックになっていると、花咲さんが憂い顔で、大丈夫？　と声をかけてきてくれた。

「……たぶん、鷹見さんのお店での画像が発端よ。本気で疑うんじゃなくておもしろがってるだけ、素人のあなたが注目されて嫉妬しただけと思うんだけど。茂吉ちゃんのレギュラー入りが具体化した頃からじわじわ広まって」

それでもネタみたいな話だし、すぐおさまるだろうと静観していたら、今日から茂吉復帰の情報がもれたらしく、今、一気に噂がネットを駆け巡っているらしい。

「シンヤ君の頰に触ってたとか、中の人じゃないとわからない話まで出回ってて」

ということは、内部に情報を流して人がいるのか。郁斗はぞっとした。

「この邸も。郁斗君が入る時はそうでもなかったみたいだけど、さっき見てきたら門の前にもうびっしり人が集まってて。シンヤ君が入れないって連絡してきたわ」

ごめんなさい、さすがにここまでくると私の手に負えないと花咲さんは謝ってくれるが、彼女が悪いわけじゃない。

「その、言いたくないけど。この手の噂って、シンヤ君だけでなく番組の評価にまで関わってくるから。せっかくの再登板だけど、もしかしたら猫田さんに付き人を変えてもらう、ううん、上に話して茂吉ちゃんの出番自体なくしてもらうことになるかも」

（俺の、せい……？）

人間関係が大事と最初に釘を刺されたけど、まさかこんな大事になるなんて。ここで降板になったら、せっかくシンヤ君に会えると喜んでいる茂吉はどうなるんだ。

茫然としていると、あわてたように監督がやってきた。

「シンヤ君から連絡が入った。郁斗君、出てやって」

スピーカーにして皆で聞く。郁斗さん、そこにいますか、とシンヤ君の声がした。

「すみません、巻き込んで。一〇〇％郁斗さんは悪くないです。俺のせいですから。気にしないでください」

「シンヤ君……」

「俺、責任とりますから。もうこんな無責任な噂、流させません。事務所を通して声明も出しますし、まず、ここにいる人たちからきっちり弁明しますから」

そこで通話が切れる。シンヤ君は何かする気だ。皆、だっと外へ出て、記者がいる門前に向かう。ちょうどシンヤ君がタクシーを降り、記者たちに向き直ったところだった。

聞いてください、とシンヤ君が声を張り上げている。

「郁斗さんは関係ありません！　俺が勝手に好きになっただけで」

え？　ちょっと待って。何それ、誤解を解いてくれるんじゃなかったの？

悪ふざけが過ぎるよ、シンヤ君。あわてる郁斗をおいて、シンヤ君が目を閉じ「俺は……」と意味深な間を開ける。

「俺が好きなのは、今、夢中なのは。……あの日、付き人の郁斗さんと一緒に鷹見さんの店まで行ったのは、この子と、本命のこの子と少しでも長く一緒にいたかったからで」

と、彼がおもむろに取り出したスマホの画像には、キャリーに入った猫がうつっていた。

つぶれた耳。一目見ると忘れられなくなる、愛嬌のある、

「俺、この子に、茂吉に一目ぼれしてしまったんです……！」

一世一代の告白が、静まり返った冬の空に響いた。

スタッフの一人がぽつりとつぶやく。

「シンヤ君、矛先そらすためにしたって。よりによって茂吉かよ……」

「そりゃ、確かにいっつも一緒で、蕩けそうな顔してたけど」

次の瞬間、どっと笑いがはじけた。

これは茂吉のブサカワ効果もあったのだろう。スタッフが総出で記者にシンヤ君の言葉は本当だと太鼓判も押してくれて。日付つきで、撮影現場での茂吉とシンヤ君のメモリアル画像も披露してくれる。シンヤ君が真っ赤になった。

「うわ。恥ずかしい、いつの間に撮ってたんですか。てか、この茂吉画像、俺にもください！　保存版にしますからっ」

こんな短時間では偽画像なんて作れない。一人と一匹の愛の歴史に、その場の気まずい空気が四散した。さすがに恋のお相手が猫ではスキャンダルではなくほのぼの美談だ。

その後の流れは、ほっとできるものだった。

シンヤ君の言葉と一緒に茂吉の画像もネットに出回って、こんなブサ猫でも好きって言えるシンヤ君、マジ天使、とかえってシンヤ君の好感度があがったらしい。茂吉との共演を待つ声も出て、上も茂吉降板を言い出せなくなったとか。

(良かったぁ)

郁斗は胸をなでおろした。ここで猫交代となれば今まで撮った分が無駄になるし、方々にも迷惑がかかる。何より、冗談交じりでも可愛いうちの猫を選んでくれた彼の心が嬉しくて。まだ彼と一緒にいられることに茂吉のためにも安心して。

郁斗は他の人たちと一緒に笑って、シンヤ君の気づかいに甘えて、茂吉に集まった注目が他から見るとどう映るかを考えなかった。人の悪意をなめていた。

それがまずかったのだ。

事件は、次の撮影の日に起こった。


《あれだけの騒ぎでも許されるなんて。ひどい。ここは私の〈家《ホーム》〉、私が一番じゃなきゃ、私が一番注目されて、褒められてないとダメなの。……なんとかしなきゃ、なんとか。じゃないと、私が死ぬ》

いつも通り現場に行くと、今日はシンヤ君が遅れてくると花咲さんに知らされた。

「急なインタビューが入ったらしくて」

放映開始が迫ってきたので、宣伝も兼ねて、いろいろなところに顔出ししているらしい。なので、シンヤ君がいなくてもできるところを撮ってしまうと、後は待機だ。段取りが変わって花咲さんはバタバタ忙しそうだけど、今日は日曜で朝から時間のある未礼ちゃんが、「たまにはお茶をしませんか」と全員を本館に誘ってくれた。

「用意してあるの、パティスリー鷹見のケーキだって」

そりゃ楽しみだと言いつつ、スタッフが本館へお邪魔する準備をはじめる。

「機材はどうするんですか？」

「ここ、鍵がかかるから。ちょっとくらい置きっぱなしで大丈夫だろ」

「レトロな見かけと違って防音も完璧だし、助かるよなあ」

先に行く監督から鍵を預かった音響さんが、簡単に機材をまとめる。いちいち撤去してまた翌日セットするのは、内装を傷つけないように気をつけないといけないし大変らしい。

「あの、茂吉はどうしましょう」

「食べ物のあるところは無理じゃない？　ここなら誰も来ないし、すぐ戻るんだからお留守番しておいたほうが」

花咲さんに言われて、茂吉はキャリーに入れて、機材と共に残す。

「すぐ戻ってくるからな」そう言いおいて、鍵をかけ終わった花咲さんと一緒に、本館の客間に向かう。広い客間は壁一面が窓になっていて、庭が一望できた。芝生の向こうには対のように、こちらにきらめくガラス面を見せる窓がある。さっきまでいた離れのフランス窓だ。

「あ、ちょうど撮影中の広間がこっちに向いてるんですね」

郁斗は安心した。茂吉が見えるかなと目を凝らしたが、距離があるのと窓のガラスに光が反射するのとで、中まではよく見えなかった。残念。

未礼ちゃんがお手伝いさんと一緒に、ケーキと飲み物を運んできてくれる。

「俺、紅茶がいい。珈琲は誰だ？　っと、あれ、一人分、多いけど」

「あ、それ、シンヤ君の分よ。未礼ちゃん今日は彼が遅れてくるの知らなかったから」

さすがに客間のソファだけでは全員は座れないので、別の部屋から椅子を持って来たりしていると、ふと、花咲さんが外を見ながら言った。

「あら、あれって茂吉ちゃん？　何をしてるのかしら？」

「え？　茂吉？　キャリーに入れてきたはずですけど」

郁斗が顔を上げて、窓越しに確認しようとした時だった。

ガシャン。

何かが連続して倒れる音がした。それに硬質な何かが壊れる音も。

「おい、なんだ？　泥棒か？」

「機材がっ」

明らかに外から、しかも離れの方から聞こえた音に、照明やカメラを受け持つスタッフが立ち上がった。郁斗も未礼や他の皆とあわてて離れに向かう。

扉を開けると、倒れたカメラがあった。それと、もう一つ。

「なっ、皿が割れてるぞ、古伊万里がっ」

四百万の皿だ。

担当のスタッフが、へなへなとその場に座り込む。その傍らを横切る影。

「茂吉⁉　どうしてお前がここにいるんだ」

キャリーから出て、悠々と歩いている茂吉がいた。

同じく広間に入って機材の具合や他に被害がないか、不審者はいないかを確認していた他のスタッフも振り返る。皆の眼が茂吉に集まった。

「……猫がやったのか。カメラの三脚を倒したのも、茂吉？」

犯人確定だ。郁斗はあわてて茂吉を抱き上げた。皆の眼からかばう。

「違います、茂吉はそんなことしません！」

「でもここにいたのは茂吉だけだ。鍵だってかかってたし、窓も開いてない」

その時、青ざめた顔で割れた皿に近づいた花咲さんが、はっとしたように何かを拾って背に隠した。監督が目ざとくそれを見つける。

「おい、花ちゃん、それ何だ」

他のスタッフが抵抗する花咲さんに出させたのは、前に未礼ちゃんがもってきた猫のおもちゃだった。花咲さんがふるえる声で言った。

「これ、未礼ちゃんがもってきてくれたものだけど、マタタビが入ってるの。茂吉ちゃんの控え場所を作る時、ペットショップで見たわ」

それが割れた皿の傍にあったということは。

「……マタタビ目当てで茂吉が皿に近づいて、割ったってことか」

「でもそもそもなんで茂吉が外に出てるんだ。キャリーバッグの中で寝てただろう?」

「それになんで猫のおもちゃがそんなカメラに映る皿の横にあるんだよ」

疑問の声が上がって皆が考え込む。そこからの思考は郁斗にも目に見えるようだった。やったのは茂吉だ。だが誰か茂吉をキャリーから出した人間がいる。

いや、もしかしたら、わざと皿近くにおもちゃをおいた人物が。

「……花ちゃん、何でこれを隠した?」

花咲さんは今度は答えない。だが答えは明白だ。花咲さんはおもちゃを置いた人に心当たりがあったのだ。だからとっさに隠した。その人をかばうために。

皆の胸に、一人の少女がうかぶ。

シンヤ君のファンで撮影現場に入り浸るほどだった少女。マタタビ入りのおもちゃを持ち込み、皆の関心を集めなくては気が済まない女王気質の子。シンヤ君や皆の関心を猫に取られて悔しがっていただろう、ここの鍵をもつスポンサーの娘。

そして今日、タイミングよくスタッフ全員がここを出るようにしむけたのは誰だった？

「もしかして、未礼ちゃん……？」

監督が、皆の想いを代弁する。撮影スタッフ側からすれば、自分たちサイドの人間が皿を割ったのでは、かなり不味い。だがスポンサーの娘が嫉妬から皿を割り、その罪を猫になすりつけようとしているのなら。

（上にも、申し訳が立つ……）

この解が最善だ。これ以上ことを荒立てるな。触れるな。これは猫による事故。スポンサーには貸しを作り、表向きはそれで済ませろ、追及するな。そんな空気を感じる。

「な、何、その眼、私、何もやってないっ」

敏感に周囲の空気を感じ取った未礼ちゃんが、おびえたように後ずさる。が、その言葉をもう誰も聞いていない。

やがて。

ひそひそとスタッフと額を突き合わせ相談していた監督が、未礼ちゃんに向き直った。

「今、上を通して、君のお父様に連絡を取ったよ。折り返し、連絡がある」

未礼ちゃんは蒼白だ。悔しそうにふるえながら唇を噛んでいる。

花咲さんが気の毒そうな顔をしながら、もう一人の社外の人である郁斗に言った。

「郁斗君、そういうことだから。とりあえず茂吉を連れて帰ってくれる？　決まったことは後で会社を通して連絡するから」

そうして郁斗と茂吉は離れを追い出された。今度こそ、もうここに帰ってくることはないだろうと、皆の眼を集めながら。

《ざまあ。存在自体が悪。もうお前ら消えろよ》

広い邸の門前で、郁斗はぼうっとタクシーを待っていた。

頭の中は真っ白だ。

手に下げたキャリーバックの中で、茂吉が抗議するように鳴いている。だがなでてやることができない。そんな資格はない。

(ごめん、茂吉。守ってやれなくて……!)

その時、ふわりと何かに包み込まれるような感覚がした。

『茂吉の、声がした』

涼やかな、水の音色そのもののような声をかけられて、郁斗ははっと顔をあげる。神の力で空間を曲げ、出現したのか、
龍神様が、そこにいた。

静かに佇む人外の美貌。いつもの傲慢な表情がこの時だけはひどくなつかしく、心強く。

郁斗は思わず涙ぐんでしまった。あわててうつむき、顔を隠す。

『いったい何があった。何故に茂吉もそなたもこのように哀しんでおる』

「龍神様、すみません、俺、俺、茂吉を預かってたのに……」

情けない。もう半泣きだ。それでも必死に涙をこらえ、郁斗はすべてを物語った。

「皆、未礼ちゃんが仕組んだと思ってて。だから茂吉を責めてるわけじゃないんですけど」

だが責任は取らされるだろう。

実際、茂吉はキャリーを出て部屋を歩き回っていた。皿を割ることは可能だった。

そして以後の撮影を円滑に進めるには、このまま未礼ちゃんの機嫌を取って、現場の空気を乱した茂吉が出ていくのが一番穏便な方法だと決定が下りる。

「茂吉はそんなことしません。けど、そう言えるだけの根拠を、俺、見つけられなくて」

『……黙って聞いておれば。茂吉が〈はんにん〉だと』

怒りを押し殺した声が聞こえて、郁斗は再び顔をあげる。とたんに、背筋が凍った。

怒りの色。

激しく輝く金色の瞳がそこにあった。

『茂吉が意味もなく皿を割るなど、そのような真似をするわけがなかろう。人とは何故にこうも愚かなのか』

龍神様の唇から低いうめきに似た声がもれ、辺りが暗くなる。

はっとして見上げると、さっきまでは晴れていた空に雲が押し寄せ、辺りを闇へと変えていくところだった。遠くから、人の悲鳴が聞こえてきた。

「きゃあっ、冷たいっ」

「ゲリラ豪雨⁉　こんな季節に、どうしていきなりっ」

冬だというのに稲光が走り、大粒の雨が落ちてくる。通りかかった車があわててワイパーを最大にして速度を落としている。

（まさか、これ、龍神様が……？）

龍神様の押し流す発言は、口だけではなかったのか。

吹き込む風に、茂吉がぶしゅっとくしゃみをした。郁斗はあわててバッグをかばう。

「り、龍神様、落ち着いてください、茂吉がっ」

必死に訴えるが龍神様には届かない。心が乱れ、己で制御できていないのか。うめくような声だけが聞こえてくる。

『我は……もう二度と眼をかけた者を失うつもりはないぞ』

どういう意味？　問いかけようとした郁斗の中に、ふっ、と、何かが流れ込んでくる。

雨に濡れそぼつ谷間、ここではないどこかの風景だ。これは何？

麻の生成りの単衣《ひとえ》を着せられた娘がいた。周りには娘を追い立てるように立つ大人たち。

そしてまた場面が変わる。血まみれの娘が、地に伏していた。最初の時から歳はとっているようだが、その全身に散る、なぶり殺しにされたような跡。

（これじゃ、まるで……）

生贄《いけにえ》だ。

これはいつ？　誰が見た光景だ？　郁斗はぞっとして龍神様を見上げる。全身ずぶぬれだ。頬を流れる雫が、泣いているように見えた。水を操る龍神様。なら、雨を降らせても自分が濡れることはないはずなのに。

それでようやく気がついた。辺りに立ち込める胸が痛くなる大気の圧。

これは怒りではない。まるで自分を責めているような。

龍神様は自分で自分を罰している。それは守ると誓った茂吉を悲しませたから？　それ

とも。ぎゅっと心臓を締めつけられた。息ができなくなる。付き人なのに、

（だって龍神様は全然悪くない。撮影現場に入ることもなかったんだから。

茂吉に疑いをかけさせた俺が悪いんだ）

郁斗はあわてて防水処置のほどこされた自分のコートを脱いだ。龍神様に着せかける。

さらに激しくなる風雨に、自分も髪から雫を垂らしながら、龍神様の体に取りすがる。

「風邪、引いちゃいますよ。茂吉だけじゃなく龍神様も。だから落ち着いてください」

失った温もりを戻そうと、微動だにしない体をさする。茂吉をバッグから出して、龍神様の手に無理に抱かせて。

それでやっと、金色の眼がこちらを見た。

見てくれた。気づいてもらえた。それだけで冷え切った郁斗の胸に温かな灯がともる。

「こんなに怒ってもらえて、茂吉、喜んでると思います。だけどこの辺りにだって茂吉以外にも猫がいると思うんです。龍神様は猫の味方なんでしょう？」

目くらましの術をといた神の瞳で見つめられると、畏敬の念で体がふるえる。それでも郁斗は笑ってみせた。龍神様が落ち着くように、せいいっぱいの温もりを笑みにのせる。

「猫たちが、その子たちが怖がってますよ。だから雨、おさめてもらえると助かります。茂吉のことは俺が絶対、何とかします。だってあの日、俺、龍神様に誓いましたよね」

『誓い……』

「はい。あの初めて会った日のことです。俺、言いました。猫たちを守るって。だからやります。やり遂げます。俺は店長で、茂吉の付き人なんですから」

『……では、そなたの手で疑いを晴らせ』

必死に言うと、圧が消えた。

龍神様の瞳が、ふっ、と、いつもの色合いに戻る。

『我には淀んだ気をまとう者を指すことはできる。が、その者の為したことが現世の決まりに添っておるかどうかは、その時代、時々によって異なる故、判断できぬ』

小さく龍神様が言ったのは、己が激したことへの悔いと、郁斗への信頼の証だ。

『故に、罪の在り処を求めるのであれば、この時代を生きるそなたの眼を通さねばならぬ』

龍神様が腕を広げた。雨がやみ、熱い雲を破って、眩い陽がさしてくる。そして凄烈な水の匂いが辺りに弾けた。

シャン。

どこかで澄んだ鈴の音がした。

シャン、シャン、シャン……。

いや、これは水音だ。郁斗の頭の中に響く、凄烈な流れ、人の心を澄み渡らせる、密やかなしずく音。

『そなたならわかるはずだ。心さえ澄ませば。何故なら。そなたはすべてを見聞きしているのだから』

記憶の淵の底から見えてきたのは、未礼の姿。固く唇をかみしめる、か細い横顔。

シャン！

はっとする。頭の中が冷水にさらされたようにクリアになる。今まで自分がこの邸で見聞きしてきたこと、忘れかけていた細部までをも思い出す。

「もしかして……」

郁斗に見張ってててと言った女子高生たち、気まずくなったスタッフ。そしてこちらに向けられた、あの人の変わらぬ笑顔。

龍神様に断って、あわててオーナーに電話をかける。

二、三、調べてもらって、未礼ちゃんの取り巻きの女子高生たちにもメールして。

「……そうか、そうだったんだ」

郁斗は顔を上げた。定まった眼差しを龍神様に向ける。そして確信を込めて言う。

「茂吉は、皿を割ってなんかいません。俺、立証できます」

2

再び離れの広間に戻ると、未礼ちゃんがいた。スタッフは隣室で合議中なのだろう。ただ一人ソファに座って、それでも毅然と細い顎を上げていた。

「まだ帰ってなかったの」

相変わらずの女王様めいた言葉。

だが郁斗にはそれは傷ついた心を懸命に隠す虚勢にしか聞こえなかった。

「帰る必要はないから。だから未礼ちゃんも。空気を読んで黙ってることはないよ」

「……え？」

「やったのは茂吉なのに、自分が悪者にされている。そんな空気を感じてるんだよね？　誰も信じてくれない。言えば言うほど泥沼にはまる。そんな悔しい想いをしてる」

俺も同じだよ、と言うと、予想外だったのか未礼ちゃんがひるんだ。

「大丈夫、君は何もしてないよ。茂吉も。どっちも悪くない」

彼女がまた怯えて怒りださないように、ゆっくり歩みよる。

「そんなに悪役ぶらなくていいんだ。君は誤解されやすいところもあるけど、いい子だよ。だからいくらシンヤ君のファンでも、茂吉を邪魔扱いなんてしない。一人の寂しさを知っていて、皆でいるのが嬉しい子だから。だからここを貸してくれるようにお父さんに頼んでくれたし、お茶会にも呼んでくれたんだろう？」

その時、話し合いが終わったのか、スタッフたちが戻ってきた。

何故、郁斗がまだここにいるのかと怪訝そうな顔をする彼らに向かって、「俺の話を聞いてください」と頭を下げる。

「俺、改めて考えたんです。機材を倒すだけなら、この部屋に入らなくてもできるって。キャリーバッグの扉を開くのも」

ピアノ線だ。

単純な仕掛けだが、キャリーバッグの掛金や機材の脚に絡めて、扉下の隙間から引っ張れば。簡単に倒すことができる。そしてその衝撃で皿を割ることも。

「最初から手元に両端が来る輪の形にしておけば、ことが終われば一方から手をはなして引っ張るだけで回収できます。いえ、わざわざそんな仕掛けをつくらなくても、直接、自分の手で壊したっていいんです。その後、戸を閉める鍵と、壊した時刻をごまかせる仕掛けがあれば」

今どき、アリバイ工作などスマホ一つあれば用が足りる。

着信音に破壊音をどこかからひろってきて、音量をマックスにして離れの窓の外にでもおいておけば。皆と一緒に駆けつけた時にこっそり回収すればいい。

「どこからでも操作できます。ここの防音は完璧だ。そう言っていたのは音響さんですよね。なのに何故、あんな大きな音が庭をへだてた本館の中にまで聞こえたんですか？」

皆がはっとする。

「そう。あんな音が聞こえる、そこからしておかしいんです」

そしてあの音がアリバイ工作だったなら。

「音がした時に、確実に皆と一緒にいたのは誰です？　あの時、ことさらに自分の存在をアピールした人がいました。普段、忙しく動きまわっていて、決まった席がない人。だから皆に客間にいたと印象付ける必要があった人が」

あの時、「茂吉ちゃん？」とつぶやいて、皆の意識を自分に集めたのは誰だった？

それに「皿の傍に落ちていた」と、猫のおもちゃに注目を集めたのは。

「だいたい、茂吉がマタタビにつられて皿の近くに行くわけがないんです」

郁斗はキャリーバッグから茂吉を出して抱き上げながら言った。

「猫にマタタビとよく言われますが、あくまで嗜好品であって、当然、猫たちにも好みがあるし、体質によって効かないことだってあるんです。特に雌や子猫には効きにくくて」

郁斗はスマホをかざして、マタタビについて詳しく書かれたサイトの文面を皆に見せる。そのうえで言う。「こういう外観と名前でまちがえられやすいんですが」と前おきして、カミングアウトする。

「茂吉は、女の子なんです」

はあ⁉

皆が驚いているが、別に騙したわけではない。茂吉も地域猫だ。近所の小学生がつけた名前をそのまま使っている。猫好きなら歩いている姿を後ろから見れば雄雌の区別はすぐにつくが、つけたのがノリ重視の小学生ではしかたがない。

「現に最初に未礼ちゃんがおもちゃを使った時、茂吉は反応しませんでした。だから体重が重く、普段、あまり動かないで丸くなっている茂吉が、マタタビ狙いでわざわざあんな高い棚にある皿のところまでジャンプするなんて、ありえないんです」

それに重い機材を倒すのも。カメラは三脚がしっかりしていて、猫がぶつかったくらいでは倒れない。

「だいたい、ここの窓って位置的には本館の客間から丸見えですけど。南向きで光が反射するから、あの距離じゃ中は見えませんよね？　実際、あの時、俺、見えませんでした」

皆の眼が、茂吉を見たと言った花咲さんに集中した。

合鍵を持っているのは何もこの家の人だけではない。花咲さんもだ。

「あなたならいくらでも仕掛けをつくれた。休憩中でもいつも何かと人のお世話をしているから、それが普通で席を外してもめだたない。離れにこっそり戻った姿を見られたとしても、用があったと言えば誰も不審に思わない」

実際、あの時も花咲さんは忙しく椅子を借りたり、珈琲を配ったりしていた。

「それに今日はシンヤ君がいない。シンヤ君がいれば茂吉をかばう。未礼ちゃんでは事前にシンヤ君の予定を知ることなんてできないんです。現に彼女はシンヤ君がいないことを知らずに、シンヤ君の分もふくめた数のケーキを用意してました」

そして花咲さんなら未礼ちゃんに「お茶会を開いたら？」と助言の形で誘導できる。

こんなこと、言いたくない。だがここに来てからのことを一から思い出してみた。

心細かった郁斗に最初に声をかけ、いろいろ教えてくれたのは花咲さんだ。だが聞かされたことを思い出すと、すべてが彼女にとって都合よく捻じ曲げられた情報だった。

彼女の言葉で郁斗は未礼ちゃんを我儘な子だと思ったし、スタッフとも距離を置いた。おかげで気まずくなって、ますます花咲さんだけが頼りになった。

もしそれが花咲さんの望みだったら？

鷹揚な心で賛美者を受け入れ、その耳にささやきかけ、それぞれを孤立させ、花咲さんだけが味方、いい人、と思われるように誘導していたのなら。誰にとっても花咲さんがオンリーワン、そんな状況をつくっていたのなら。

未礼ちゃんが言った「私の悪口」という言葉。あれもそうだ。郁斗はそんなこと言っていない。あれもまた、花咲さんが未礼ちゃんを操るために吹き込んだ郁斗の悪評なら。

じっくりとじっくりと。親切な顔をまとって張り巡らされた糸。

それは愛ではあったのだろう。親切心でも。相手のためも思って自分の腕に囲い込もうとした。だが歪《いびつ》でしかない。

スタッフたちも、そう言えば、と思い当たる節をそれぞれ口にし始める。未礼ちゃんも花咲さんとのこれまでを思い起こしたのだろう。ぎゅっと唇を噛みしめている。

そして。この真相は。

大人の汚い世界の言葉ではあるけど、スタッフたちには都合がいい。

花咲さんは局の大物の娘。いわばスタッフは彼女を預かっている立場だ。そんな花咲さんとスポンサーの娘との確執なら。上と上とが話し合って、落としどころを決めるだろう。

現場が責任をとらされることはない。

だから監督たちは郁斗の言葉にきっと耳を傾けてくれる。

郁斗の読みは当たった。互いに目配せし合ったスタッフたちが、花咲さんの前に立つ。

「……内々に事故としてすまそうと上とも話していたが。実際に被害が出てるんだ。訴えれば警察は動いてくれる。幸い対応に追われて、現場はまだ片付けてないしな。プロが調べればすぐわかることだ」

そう言った監督に、もう逃げられないと思ったのだろう。

「……何よ。私が教えてあげないと何もできない新入りのくせに」

花咲さんが、きっ、と、こちらをにらみつけながら言った。

「どうして？　どうしてそんな目で見るの？　ノイズはあの猫と付き人じゃない。私、こんなに皆に優しくしてるのに。どうして離れていくの？　未礼ちゃんまで。近づくなって言ったのに、あの猫の相手なんかして。ねえ、どうして⁉」

花咲さんは自分が正しいと信じている。非などないと。

実際そうだ。彼女の庇護下にいれば、きっといつまでも親切にしてくれただろう。彼女をさしおいて他の人と仲良くしたり、彼女から離れようとさえしなければ。

たぶん、前に花咲さんが言っていたスクールカーストの話。あれは彼女自身のことだ。家ではお嬢様で女王様だった花咲さん。なのに学校では通じなくて。

「ここは私の王国なの！　皆、私に頼って、私がいなきゃやっていけないの！」

だから彼女は社会に出て、父親の影響が及ぶ範囲で、自分が一番になれるところを探した。

（それが、ここ）

スタッフに頼られ、他に競争相手もなく。花咲さんにとってここは〈聖母〉でいられる最高のホームだったのだ。相手のすべてを支配下に置かないと安心できない。それは孤独な学校生活でトラウマを負った故だったのか。……哀しい人だと思う。

支えを求めるように、花咲さんが未礼ちゃんを見る。

「未礼ちゃん、あなたならわかってくれるわよね。私にいろいろ相談してくれたよね」

「未礼を巻き込むんじゃねえよ、このババア！」

元気な声とともに、ブレザー姿の女子高生たちが乱入してくる。未礼ちゃんの友達だ。

「すみません。俺がメールして来てもらいました」

郁斗はスタッフに告げた。彼女たちはがっちりと未礼ちゃんを守るようにその周りに立つ。

「あくどい犯人にされてるって聞いて、あわてて来たんだ。未礼がそんなことするわけないじゃん、これだから見る眼のない男どもは」

「花咲の影響がマシそうな新入りとアドレス交換しといてよかったよ」

「……皆、気づいてたんだ」ぽつりと未礼ちゃんが言う。

「あ？　花咲が洗脳マウントおばさんってこと？」

女子高生の一人が応える。

「あたりまえじゃん。たまにいるんだよな。何もわからない子とか、信じやすい素直な奴にひっついて、親切めかして教えてあげるとか言いつつ、よっかかるやつ」

「そうそう、それでおかしいって気づいて距離おこうとしたら、逆切れしやがるの」

「あなたのためにしてるのにとか言い出してさ、母親かよ。でもそう言われたら未礼みたいに優しい子だと見捨てられなくて自爆すんだ。最近、未礼からのメールとか様子おかしかったからさ、うちら心配でさ、ここ見に来て、花咲の奴見つけたんだよ」

それで未礼ちゃんの周りではなく、シンヤ君やスタッフに絡んでいたのか。

女子高生たちが、花咲さんに向き直る。腕を組んで堂々と主張する。

「うちらは未礼がお嬢様だからつきあってるんじゃない。カーストなんてのも知らない。だって前まで未礼うちらと同じだったし」

「未礼のわかりやすいツンっぷりとか、不器用馬鹿なとこが可愛いんだよ。未礼だったら新しい学校でもすぐ友達ができる。あんたが妙な口出ししなきゃな」

「それにできなくたってかまやしない。未礼にはうちらがいるんだから！」

「未礼はうちらのオンリーワンで、うちらは未礼のオンリーワンなんだから！」

びしっと親指を立てて自分の胸に向けると、皆が花咲さんにむかって啖呵を切る。

「皆……」

未礼ちゃんの肩から力が抜けたのがわかった。涙ぐんでいる。

もうこれで未礼ちゃんは大丈夫。よかったね、そう言ってあげたい――。

3

「今日は本当にすみませんでした！」

その日の夜のこと。

龍仁庵までわざわざやって来たシンヤ君が、皆に勢いよく頭を下げた。

「お皿事件のこと、聞きました。その、花咲さん、俺の時もすごくかまってくれて。でもちょっとおかしいなって思ったから、あそこでは特定の人とは話さないようにしてたんです。けど、やっぱ一人だと間が持たないっていうか寂しくて。彼女、女性だし、局の人だし、外会社の同性なら大丈夫かと思って、つい郁斗さんに声かけちゃって」

そうしたらあのSNS拡散が起こって、その中に内部の人間しか知らない暴露部分もあったので、もしや、と思ったのだそうだ。

「まさか性別とか会社に関係なくとは思わなくて、だから茂吉の名前を出したんですけど。てっきりそれでおさまると思ってたら」

花咲さんはさらにエスカレートして猫にも嫉妬し、近づくなと言ったのに茂吉と遊ぼうとした末礼ちゃんにまで矛先を向けてしまった。

今回のことはシンヤ君が悪いんじゃない。彼はせいいっぱいやってくれた。ただ。

「女の子たちを放って茂吉にかまってくれたのは、花咲さんの矛先をそらすため？」

これだけはしっかり聞いておきたい。

言うと、彼は「違います。俺、本気で茂吉が好きです」と言い切ってくれた。

「俺、この業界に入っておきながら、隙のないお洒落な人たちって苦手で」

生まれも育ちも東京だが、彼のルーツは母方祖父の住む、地方の小さな島だそうだ。

「ＤＮＡにきざまれてるのかな。夏休みとか入り浸ってたし。だから都会で暮らすのって息が詰まって」

そんな時、茂吉を見た。

「なんか、世界が変わった気がしたんです。こう、茂吉と俺以外、誰もいない潮騒《しおさい》の中にいたっていうか。茂吉といると癒されるっていうか、落ち着いて」

シンヤ君はかっこいい見かけとは違い、ブサ専というか、ちょっと気の抜けた雰囲気のほうが好きな男の子らしい。

（あー、それでか。俺になついてくれたの）

茂吉メインではあったのだろうけど、郁斗もあの中では大人しめの一般人。素朴な外観だ。業界に身を置くスタッフたちの中では浮いていた。

「一緒にいるうちにどんどんはまって。ずっと一緒にいたくなって。この店にも会いに来ようとしたんです。でも猫カフェって若い女の子が多いって聞くから。迷惑かけそうで」

「まあ、確かにシンヤ君が常連になって、ここがファンにばれたら大変なことになるわね。集客を考えると宣伝効果抜群だけど、行き過ぎっていうか。入店拒否レベルかも」

オーナーが思案顔で言った。確かに。これからどうすればいいんだろう。

真犯人がわかり、茂吉のドラマへの出演は続行になった。けど、それもいつかは終わる。その代わりにとここへくれば、猫好きではないシンヤ君の追っかけもやってくる。彼女たちが長時間居座れば、純粋な猫ファンが来づらくなる。狭い店だし、猫へのストレスを考えると避けたい事態だ。

それを言うと、シンヤ君の顔がくもる。くーんと尾を垂れた犬の幻までが彼の背後に見えて、良心が痛む。オーナーも居心地悪そうだ。

その時、ふと思いついた、というようにオーナーが言った。

「あなたの通う大学ってこの沿線だったわよね？」

「はい。ええと、三年からは変わるけど。東横線、乗り換えなしでいけるかな」

「じゃ、隣のマンションに引っ越してこない？　私が暮らしてるところだから、当然、セキュリティ完備、地下駐車場もチェーンじゃなくシャッターを下ろすタイプ。不埒な追っかけは侵入はできないわ。もちろんペット可よ」

ここまで言われれば、郁斗もオーナーの意図がわかった。

「あの、シンヤ君、実はここ、保護猫カフェでもあるんだ」

届けは猫カフェで出しているが、郁斗の目的は猫たちに家と家族を与えること。だから。

「シンヤ君、猫飼いたい？　君さえ望むなら、茂吉を里子に出してもいいって思ってる。

茂吉の里親になってくれないかな」

「……でも、俺、仕事があって。夜も帰らないことあるから」

「仕事の日はうちをペットホテル代わりにしていいよ。俺、ここには住み込みだから、どんなに夜遅くても朝早くでも対応できる」

「もし郁君と連絡つかなかったら、私のとこに預けてもいいし。同じマンション内だからパジャマでも行き来できるわ。反則技だけど、恋する二人を引き裂くのは野暮だしね」

オーナーも補足してくれる。シンヤ君の顔にみるみる希望の色がともった。

「あの、それでいいなら、お願いしていい、ですか……？」

「もちろん。茂吉次第だけど」

けど、茂吉の答えなんてわかってる。

シンヤ君がプリントアウトした龍仁庵の会員届に署名《サイン》する。

すべての手続きが終わって。シンヤ君の差し伸べた腕にのそのそと近づく茂吉の顔は、バージンロードを歩く花嫁のように、今までで一番、輝いて見えた。

ミッション・クリア。

郁斗はほっと胸をなでおろした。

茂吉のお別れ会をしましょう、とオーナーが言い出して。

急きょ、店にある甘味やオーナーが家から持ってきたワインやサラミで宴会になった。皆で飲んで笑って。ふと、郁斗は気配を感じて外へ出た。

店の外に、未礼ちゃんが佇んでいた。

「あの、ここの住所、会社の人に聞いて」

猫田さんだろうか。それとも監督？

「べ、別に他意はないわよ。お父様に謝れって言われたから来ただけよ。あなた、あの時一人だけ、私が無実って信じてくれたからとか、そんなのじゃないから。勘違いしないでよね」

……相変わらずのツンぶりだ。でも目元が赤い。きっといっぱい泣いたのだろう。

未礼ちゃんはあの後、お父さんに撮影現場への立ち入りを禁止されたそうだ。だけど、「迷惑をかけました。でも、だからこそファンはやめません。ドラマの成功を願っています」と、家族を通じて伝言があったそうだ。やっぱり優しい子だと思う。

郁斗は、「もしよかったら」と未礼ちゃんに龍仁庵の会員証を渡した。

「その、ここに来れば、シンヤ君にも会えるかもしれないし」

「何よ。口止め料？」

「え？」

「ここがシンヤ君の行きつけだって私がいいふらしたら、他の子がうるさいから」

あ。そういう心配もあったか。でも、

「君は、そんなことしないだろう？」

正面から笑いかけると、くしゃっと未礼ちゃんの顔が歪んだ。

うつむく前に見えた小さな光は、こぼれ落ちそうになる涙だったのだろうか。

「……鈍いんだから」

「え？」

聞こえなくて問いかけると、未礼ちゃんがぱしっと郁斗の手から会員証を奪った。

「近いし。暇だったらきてあげてもいいわ」

小さく言って、走り去る後姿は思いのほか儚く幼く見えて。

彼女のきつい言動はすべて虚勢なんだろうと思った。親の都合で振り回され、それでも庇護下を離れられない、彼女のせいいっぱいの防御策。きっと新しい学校ではハリネズミのようにツンツンしていたのだろう。本当の彼女はきっと違うのに。

皆、何かを演じて生きている。そうしないと生きていけないから。本当の自分をさらけだすのは怖いから。誰かとぶつかって傷つけ合うのは嫌だから。

だから皆が望むイメージを身にまとう。自分を偽る。

でもそれはすごくしんどくて。だから人は求めるのかもしれない。己のすべてを受け入れてくれる相手を。そのせいでよけいに苦しむことになっても。

いつの間にか龍神様が隣に立っていた。一緒に闇の向こうを見透かしている。

「……俺、思うんですけど、シンヤ君って花咲さんのことがなくても、〈道化〉を演じてくれたんじゃないかって。彼、現場の人間関係に気を使ってたから」

ぽつりと、ずっと思っていたことを言葉に出す。

彼だって普通の男の子だ。女の子に興味を持つことだってあるだろう。一人は寂しいから。だけど特定の近しい誰かができてしまえば、相手を巻き込むことになる。

「今回はそれが末礼ちゃんで。距離をおくために俺たちに近づいたのかなって」

『だとしても。あの者が茂吉を愛しく思っていることに変わりはなかろう』

龍神様が言った。

『人も猫もつくづくやっかいな生き物よ。一人が心地よくありながら、誰かを求める』

「龍神様……」

『郁斗、そなたも。あのシンヤという者が気になるのであれば、茂吉を通して友となってやるがよい。客と店員であればシンヤとやらも一線をおいた付き合いがしやすかろう』

人は嫌いだと言い切り、人の世にも慣れていない神なのに。その言葉は確かな重みを持って郁斗の胸に染みた。

　ふと思った。人嫌いの龍神様の過去を。

　茂吉にかけられた疑いに、過剰反応していた龍神様。もしかして彼が土地の神をやめ、結界に引きこもるようになった理由と関係しているのだろうか。

　神様。皆の信仰を集める、ただ一つの存在。

　逆に言えば誰かのオンリーワンでもなく、誰かだけを想うわけにもいかない偶像。

（さみしく、ないのかな）

　そして思う。龍神様にとって、自分はいったいどんな存在なのだろう、と。

（もしかしてオーナーの口調とか、鷹見がうちに来るのとか。あれも理由があるのかな）

　誰だって胸に苦しみを抱えている。

　郁斗は顔を前に向けた。ずっと気をはって生きているだろう少女の去った方向を見る。

「末礼なら新しい学校でも友達ができる」

　そう言った友の言葉が本当ならいい。

　それが無理なら。どうかまたここに来て欲しい。そう思った。

閑話　鷹見と夜食の達人

「――カリスマパティシエ、鷹見賢一《たかみけんいち》監修……」

艶のある、テノールの美声《ナレーション》が流れてくる。

背景音楽はチェロのソロ曲。大きな画面の真ん中には、明るい日差しが眩しい店内を歩む、純白のコックコート姿の鷹見がいる。

それが、キラキラとした憧れの眼で見上げる猫たちのアップに変わったなと思ったら。

次の瞬間、鷹見の顔が画面いっぱいに広がって。

甘い笑みを浮かべた唇に、思わせぶりに人差し指があてられる。

「違いのわかる貴猫《あなた》のための一皿。上質の時間《スイーツ》をともに」

差し出された一皿と、群がる猫たち。そして堂々たる墨字が浮かび上がる。

「キャットフード〈格〉」

「満を持して、この春、発売開始――」

「……ぶっ」

　思わず、止めていた息が出る。

　そうなるともう我慢できない。郁斗はそのまま腹を抱えて爆笑した。

「ぶわはははは、た、鷹見が、鷹見がキラキラしてるっ、薔薇の花びら舞ってるしっ」

「笑うなっ、誰のせいでこんな真似をすることになったと思ってるっ」

　ここは都内某所にある〈猫茶房　龍仁庵〉。その奥の従業員用控室。

　店長の郁斗は店を閉めた後、仕事帰りの鷹見を交えて、猫たちと炬燵に潜り込んでいた。鷹見出演キャットフードCMを見ながらの、優雅な夜食タイムだ。

　今夜のメニューは郁斗お手製、ポテトチップスにホワイトソースとチーズをかけて焼いたグラタンもどきに、鷹見持参のコンビニチキンとサラダ、オーナーのお土産の残りの玉こんにゃくとだだちゃ豆煎餅という、食欲と手軽さにまかせた無秩序メニュー。

　だがこれがおいしい。みー君がガサガサ空のチキンの袋に顔を突っ込んでいるのはお約束。鷹見ももうすっかり猫たちの手をかわして食べる術を身につけた。

　郁斗も鷹見も夜の遅い店舗経営のうえ、男の一人暮らしだ。家に待っている人がいるわけでもなく、食事時間も一般人とは異なる。

　なので最近は、互いに料理を持ち寄って、遅い夕食を一緒にとるのが日課になっている。

　もちろん龍神様も一緒だ。

すっかり鷹見に餌付けされてしまった龍神様は、今夜もふらりと姿を現して、湯気のたつグラタンもどきをスプーンいっぱいにほおばり、『熱いではないかっ』と怒っている。龍は猫舌らしい。外観が爬虫類ちっくだから、変温動物とかなのだろうか。

また一つ、郁斗の龍神様知識が増えた。

「それにしても、本当に鷹見がテレビに出てるよ」

知っている人間が電波に乗るなんて、なんだかむずむずするというか、妙な気分だ。

「でもこの話が出たのって、ついこの間じゃなかったっけ。なんでもう流れてるんだ？」

「CM自体はすでに企画も通って、肝心のシェフ役を誰にするかでもめていただけだったらしいからな。で、俺の起用が決まって一気に進んだんだ」

「突貫工事だな。どこの業界も大変というか」

「まあ交換条件に、撮影場所を当初予定のレストランではなく、この間オープンした俺の三号店にさせて宣伝に盛り込んだから、うちとしても文句はない」

さすがは若くしてオーナー店長になった男だ。ただでは起きない。

（やっぱすごいな）

鷹見は経営者として、パティシエとして、着実に前進を続けている。

俺だって負けてはいられない、と、郁斗は拳を握る。猫たちへの責任もあるが、こいつにあきれられないように、前へ前へと足を出す気力くらいは維持したい。

もう一度、ＣＭを見て、皿のアップで止めてみる。

白い大皿だ。真ん中に型《セルクル》をつかって猫缶の中身がガレットのような筒型に盛られている。上には白と紫の小さな花。周囲にはソースで描いた波と点。小さなキウイのような果物がスライスされて皿の隅におかれている。猫缶とは思えない芸術的なまでの見かけだ。

「何を見てるんだ」

「いや、ちょっと盛り付けを。参考にと思って。あの果物とかって食べれる奴？」

「ああ、せっかくだからな。猫が喜ぶものを集めてみた」

カイザー攻略のために調べたことが、役に立っているらしい。

「あの小花はイヌハッカ、英名キャットニップだ。ハーブの一種で、日本では長野県《ながのけん》の一部で自生している。今回はそれを取り寄せた。周囲のソースにつかってあるのもこれだ」

「あのキウイみたいなのは？」

「あれはマタタビの実。キウイやサルナシと同じ属だから、スライスすればあんな見かけになる」

個体差はあるが、出された物は基本すべて食べる犬と違って、猫は好きなものを好きなだけ食べると、後は残すことが多い。

が、鷹見は皿に盛る以上は、猫が口にしても害のない食材を選んだそうだ。

「この俺が出すんだ、妥協する気はない」

まさに格の違いだ。熱心に鷹見様講義を受けていると、一人でひたすら玉こんにゃくと格闘していた龍神様も、興味を惹かれたらしく、画面をのぞき込んできた。

『ほう、あれも鷹見の手によるものか。まあまあの見た目よの』

「龍神様、あれは猫用ですからね」

一応、釘をさしておく。

「でもやっぱりすごいな、フレンチの前菜かデザートプレートにしか見えないよ」

「趣向としてはおもしろいだろう?」

で、メーカーの担当者がおもしろがって、急きょ応募券をつけて、鷹見監修ソースの真空パックと盛り付けレシピが当たりますと、キャンペーンをうつことにしたらしい。

「真空パックは今まで手掛けたことがなかったからな。しばらく泊まり込みで試行錯誤した。ただでさえ長期保存の袋物は熱を加えるせいで風味も色も飛ぶ。他にまかせると合成着色料や香料で見た目だけ整えて、味はごまかされそうだったからな」

「お前、味はって、これ、実食してるのか⁉」

「安心しろ。マタタビもイヌハッカも人間が料理に使うこともあるハーブだ。問題ない」

さすがは妥協しない男、そこまでするか。

ついつい引いていると、鷹見が意地悪っぽく目を細めた。

「そうだ、味を教えてやろうか?」

「味？」

「試作品のストックがある。マタタビといえば猫が酩酊することで有名だろう。イヌハッカもそうだぞ。お前も食べて人間の雄も興奮するか試してみるか」

「え？　何？　鷹見、顔が怖いよ？」

さっき爆笑したことへの仕返しか。にやりと黒く笑った鷹見に身の危険を感じて、郁斗はあわてて後ずさる。が、四畳しかない部屋だ。すぐに壁際にあるテレビに突き当たる。

「あ、やばっ」

「何やってんだっ、猫がつぶれるっ」

鷹見があわててみー君の上に倒れかかったテレビを止めた。やっぱり猫好きだ。

「ふう、相変わらず部屋にそぐわん大きさのテレビだな」

「ああ、これ。オーナーのだから、セレブサイズなんだよ」

壁一面を占める七十五型。ここへ引っ越してきた時、手伝いに来てくれたオーナーが「まあ、テレビもないなんて。ちょうど買い換えるところだから、お古をもっていきなさい」と、くれたのだ。

「他にも引っ越し蕎麦がわりにって、銀座の老舗蕎麦屋に連れて行ってくれて。おいしかったなあ。あれこそが蕎麦ってものなんだろうな。追加注文の天ぷらもさっくさくでさ、後の蕎麦湯がまた格別で」

至福の時間を思い出しながら言うと、ぴくり、と、鷹見の眉が動いた。

あれ？　やばい？　鷹見の逆鱗、踏み抜いた？

「……ほう、俺の店に招いてやった時ですら、そんな顔はしなかったのにな。俺の料理はお気に召さなかったか、ド庶民の分際で」

「ちょっと待って鷹見、俺、鷹見のスイーツも手料理も、どっちも大満足なんだけど？」

言ってはみたが、聞いてはもらえない。オーナーに競争心を燃やした鷹見が立ち上がる。

空気を読まない龍神様が、それでも鷹見の目的だけは察して、扇をゆらめかせる。

『ほう、厨《くりや》へ向かうか。うむ、では我も味見の一皿を所望する。今宵の食事は味が濃かったゆえ、さっぱりしたものがよいぞよ』

龍神様の周りには、これまたおいしいものの予感にうちふるえる猫たちがいる。期待に満ちた、無邪気な瞳。

こうなっては鷹見も闘争心だけをいつまでもたぎらせ続けることはできない。

「……ちっ、今夜だけだからな。わかってるだろうな」

負け惜しみを言いながらも、皆の期待に応えるためにいそいそと厨房へ向かう。その口端が満足げにぴくぴくしていたのは気のせいではないだろう。

こうして今宵も。世界のパティシエ、頼れる男鷹見の腕は、マイペースな龍神様と猫たちの、夜食の一皿だけのためにふるわれるのだった。

第三話 龍神様と脱サラ男

1

ふわふわクリーミィで優しいラテアートの極意は、焦らずじっくり心を込めること。

まずエスプレッソマシンで、綺麗に対流のおこる底の丸いカップに、濃い茶色のエスプレッソを注ぐ。それから攪拌《かくはん》した熱いミルクをピッチャーからとろり。

エスプレッソの泡《クレマ》を破るように、思い切ってミルクをカップの半分くらいまで入れると、後はピッチャーの注ぎ口を水面すれすれまで近づけて。うまくエスプレッソの茶の表面に、内からミルクの白い円が現れたら一安心。

次は注ぐミルクを細くして、ピッチャーを上げながら円の中心に線をひく。すると丸く広がっていたミルクの波紋が引っ張られて、片方は双子山の谷みたいな凹、片方は矢じりのような凸になって。

はい、完成。

ラテアート、可愛いハートの出来上がりだ。

「うん、新しい豆もいい感じ。薫りが甘いわ」

オーダーより一つ余分にラテを淹れると、オーナーがテイスティングしてくれる。

そんな彼の手元にあるのは今日の差し入れ、大岡山《おおおかやま》の北口商店街にあるパン屋さん〈itokito〉の袋。きっと中身はカマンベールたっぷりのカスクルートだ。目黒近辺はおいしいパン屋さんが多いので郁斗としては嬉しい。みー君が反応して、にーにー鳴いている。

それを慣れた足取りでよけながら、郁斗は客席へと三人分のラテを運ぶ。

「お待たせしました」

「わあ、可愛い」

「郁斗君、うまくなったわねえ。最初はハートっていうより矢じりって感じだったのに」

常連の奥様たちが、不肖の弟子を見守る師匠の眼で、丹波焼《たんばやき》のカップを覗き込む。

「そのうち猫とか描いてくれるの、待ってるから」

「はい、精進します！」

ここは閑静な住宅街の一角にある一軒家猫カフェ、〈猫茶房　龍仁庵〉。

猫カフェなので、お出迎えするのは温かな珈琲の薫りと、二十匹の猫スタッフたち。

ちなみに半月前は二十一匹だった。最近、一匹、もらわれていったのだ。

背後に鎮守の杜が控える店は冬でも常緑の木々に囲まれ、都会の隠れ家的雰囲気がある。

今は二月の終わり。もうすぐ三月、弥生の月。

春近しとはいいえ、まだまだ寒さは厳しい。が、それでも縁側にはぬくぬくとした陽ざしが降りそそぎ、小さな庭では、薄い透けるような花弁を連ねた蝋梅《ろうばい》や、早咲きの水仙が凛《りん》とした姿を見せて、馥郁《ふくいく》とした香りを放っている。

もちろんノスタルジックな樽型ストーブも健在だ。

年中、室温調整されて温かな座敷は、猫たちの楽園だ。ゆったりとしたソファやクッション、座布団の上でそれぞれくつろいでいる。

でっぷり猫、十両前のお気に入りは近所の御隠居の差し入れ、横綱柄の巨大座布団。座敷スペースの端、窓が見えるカウンターには最古参猫の小雪《こゆき》。それにみりんに桜にラオウに。他の猫たちも思い思いに寝転んで。子猫三匹組は今日も元気に駆け回っている。

まだ人慣れしていなくて二階の猫用休憩スペースから降りてこない子もいるが、テーブル席が四つ、畳スペースが京間で十畳、プラス縁側のこじんまりした店では、満席になっても猫スタッフが少なすぎるようには見えない。

今のところ、満席になったことはないのだけど。

「……ここはいつ来ても待ち時間とかなくて便利だわあ」

常連主婦のつぐみさんがおっとりと言う。

「かといってがらがらすぎて入りにくいこともないわね。誰かしら近所の人が来てるから」

冷静な分析意見はお仲間の千夏《ちなつ》さん。

「ワンメニュー頼めば時間無制限なとこがいいのよ。時計を気にせずにすんで」

そう会話を締めくくるのは、リーダー格の環《たまき》さん。

この三人は平日はほぼ毎日のように来てくれて、郁斗が手を離せない時は代わりに接客までしてくれる、オーナーに続いてもはや準店員といっていい人たちだ。

だからだろうか。今後の経営指針にもチェックが入る。

「でもやっぱりもう少しお客様が欲しいわねー」

「ここは都内とはいえ奥まった住宅街よ。通りすがりの会社員を捕まえにくい分、ファミリー層が多いわ。なのに小学生未満は出入り禁止、小学生も保護者同伴は厳しいんじゃない？」

「しかも会員制でしょ？　もう少し条件緩和はできないの、これじゃ敷居が高いわ」

「猫とふれあいたい子がいるのは知ってます。けど、ここの猫たちは元が地域猫なので」

人に慣れていない猫が多い。だから猫を追いかける、無理矢理抱っこする、寝ているところを起こす、などなど。店を利用する上で、してはいけないことが多い。大声を出したり、ドタドタと足音を立てるのも厳禁だ。

「虐待を受けたことがある猫もいます。まだ人を警戒している猫も。そこへ猫と遊び慣れていない子どもを入れると、双方に責任が持てないんです」

「うーん確かにそれは。どちらが悪いとも言えないわねえ」

子どもたちからすれば、可愛いからと抱きあげようとしただけでも、猫にとっては自分より体の大きな人間が相手だ。驚いて爪を出してしまうかもしれない。

「となると、若いママさんたちは仕事や子どもの世話で手いっぱいだし、猫カフェに馴染みのない年配客もねぇ。入りにくいわよねぇ」

「結果、私たちみたいに、仕事や家族の世話が一段落した世代のたまり場になるわけね」

「さすがに外で井戸端会議するにはまだ寒いものー」

「ここができてよかったわ。このひと時があるから、また一日がんばれる。猫も可愛いし、オーナーも龍さんも目の保養だし」

猫もイケメンもどんと来いの三人組が満足そうに笑う。三人ともテーブル席でひたすらおしゃべりなあたりが、本来の猫カフェ使用法とずれている気もするが。

それでも醸し出される、のんびりとした雰囲気は心地よくて。

「私たちも口コミもっとがんばるわ。人が多くなりすぎると困るけど、つぶれちゃうのは嫌だもの。とりあえずターゲットはご近所さん？　それプラス、大人対象？」

「だったら、ねえ、いっそ猫カフェプラスぶらりとお酒も飲みにいける店、なんてどう？」

「それ、いいかも。確かオーナーってお酒に詳しかったわよね。週末だけショットバーになる店ってどう？　カクテルバーでもいいわよ」

「カクテルバー、ですか」

郁斗の脳裏にシェーカーをふるオーナーの姿が浮かんだ。むちゃくちゃ似合ってる。

「あ、いや、お客様は来そうですけど、騒がしすぎると猫たちが驚いちゃうんで」

それに酒を出すとなれば新たな資格や許可がいるような。それを言うと環さんたちは、そっかあ、残念、と納得してくれた。

そんな雑談をしていると、環さんたちとは別の常連客が、ふと、というように聞いてきた。

「そういえば郁斗君、昔から猫が好きだったの？　こういうのって資格いるんでしょ。専門学校とか行ってたの？」

「いや、俺はサラリーマンだったんです。猫とか関係ない業種で」

「じゃあ、どうして？　しかも普通のカフェじゃなく、猫カフェなの？」

「場所にしてももっとにぎやかなところとかあったでしょうに」

「あ、それは。俺が猫たちと一緒にいたかったからというか、この場所に惚れちゃったというか。オーナーとか協力してくれる人がいたので」

それだけではない。ここでなくてはなく猫と一緒でなくてはならなかった理由がある。

郁斗と客たちの会話を聞いて、事情を知っている環さんたちはすました顔をしている。縁側で猫と遊んでいる龍神様も我関せずだ。

思わずくすりと笑う。あの時は本当に大変だった。

(俺、いろんな意味でぎりぎりだったもんなー。それこそ神頼みしないといけないくらい)

店を開くことになった事情を、郁斗は思い出す。あれは去年の初夏のことだった。

でもここの猫たちと会ったのはもう少し前。

まだコートの手放せない春先、ちょうど今頃のことで。

あの頃は仕事のことで悩んでいて、一生懸命やっても空回りばかりで、先が見えなくて、もやもやでいっぱいで。

郁斗は今では懐かしくさえ感じる過去へと、想いを馳せた――。

――郁斗が新卒入社したのは、よくあるＩＴ系の企業だった。

特にその分野が好きだったわけではない。会社の将来性や年収を考えて、かたっぱしから受けた中で、ラッキーにも内定をもらえたから、ありがたく就職した。それだけだった。

だがそれでも最初の内は燃えていた。

研修で一緒になった同期と夢を語り、俺の未来はこの社とともにあると、社歌を歌いつつ、社会人になった誇りをかみしめていたものだ。

だがそれも時がたてば干からびていく。無我夢中だった一年目、後輩もできて周りを見る余裕のできた二年目、そしてちっぽけな自分の限界を知った三年目。

「内海君、これ、やっといて」

「あ、これもー」

またただ。

生来の押しの弱い性格が災いして、郁斗は断ることができない。それをいいことに、どんどん皆が雑用を押しつけて、いつの間にかそれが当たり前になってしまった。

最初の内は「ありがとね」と言われて嬉しかったこともあったが、今ではもうそんなねぎらいの言葉もない。やって当然のしわ寄せ係になってしまっている。

「新しい店できたって」

「おーし、飲み行こ」

上着を羽織り、楽しそうに帰っていく同僚たち。広いフロアに一人残されて、ぽつぽつ電気が消えて、自分の周囲だけが明るい会社にいると、気分が落ち込んでくる。

これだけ仕事をしても他人の雑用。自分の業績やキャリアになるわけではない。それどころかそちらに時間を取られて自分の仕事が進まない。

毎日深夜帰宅、サービス残業当たり前。そんなハードな日常では、会議で通る企画も出せず。どんどん泥沼にはまっている気がする。

そんなある夜のことだった。たまたま座って帰れることになった最寄駅行きの最終電車。

寝過ごしたと勘違いして、あわてて降りてしまった途中駅。

それがここだった。

自腹覚悟の残った最後の客待ちタクシーも酔客に奪われ。スマホで検索したが、駅を少し外れると住宅街で、ネットカフェはあってもお手頃価格のカプセルホテルの類がない。

ネットカフェで夜を明かすか、二駅歩いて戻ってカプセルホテルに泊まるか。

悩みながら二駅戻る場合の道を検索していると、途中の中根《なかね》のほうに、焼き上がり時間が朝食にぴったりになるように深夜という、パン屋さんの書き込みを見つけた。

販売時間はわからない。だけどもし店が開いていたら。

(温かい、できたてのパンを食べたい……)

きゅるるるる。いきなり鳴りだした腹の虫。麻痺していた胃袋が急に存在を主張し始めたのは、人の手を経た温もりに餓《かつ》えていたからかもしれない。

とにかくそれが最後の一押しになった。念のためコンビニで飲み物とサラダ、唐揚げを買うと、郁斗は見知らぬ街へと冒険の旅に出たのだった。

ふわりと頬なでる沈丁花《じんちょうげ》の香り。それで今が春だと気がついた。

初めての街を歩くのは楽しい。角を曲がるたびに、思いがけない発見がある。

つかれて強張っていた心が、歩くうちにどんどんほどけて、童心に帰っていく。

こんな時間でも明るい駅前を抜けて、昔ながらの飲み屋さんもあるんだなと外に出されたネオン看板を見つつ。辿りついた神社の杜。目印代わりにしていたそこをふと見ると、鳥居の下に、猫がいた。

満月のような眼をした、白い上品な猫だった。暗くてよく見えないが首に何かを巻いているので飼い猫かもしれない。だが妙に訴えかける眼でこちらを見ていた。

「えっと、食べる？」

ついその場にしゃがんでコンビニ袋を開けてしまったのは、これまた〈縁〉だったのか。

それが郁斗と猫たちとの出会いだった。

その頃はまだ小雪という名前を知らなかったけれど、その白猫はこの辺りに住む猫たちのリーダーだったらしい。唐揚げを袋から出すと、白猫の鳴き声に誘われるように他にも猫たちが現れて、もっとくれとねだりはじめて。

郁斗はいつしか完全にその場に座り込んで、夢中で猫たちに餌をあげていた。

幸せそうな猫の顔。

もっきゅもっきゅと一生懸命食べている。なんておいしそうなんだろう。それを見ていると胸の奥から熱い何かがこみあげて、もうたまらなくなった。

誰かが食べている姿を見るのは、いつぶりだったか。ああ、この子たちは生きている。

郁斗は思わず猫に話しかけていた。

「おいしいか？」

ようやく他のことを、仕事以外のことを考えられるようになった。

「もっと食べるか？　ああ、他にも買ってくればよかったな」

凍り付いていた心に血が通い、動き始めた。こんな俺でもこの子たちの役にたっている。そう実感できて涙が出た。いや、救われたのだ。この小さな存在に。

それから。猫たちに餌をやりに行くのが、郁斗の生きる目的になった。

「今日は猫缶も買ってきたぞ。いっぱいあるから、がっつかなくていいからな」

三月、四月、五月、時は流れる。

初夏の装いを見せ始めた街を郁斗は今夜もまた途中下車して、猫たちに会いに行く。すっかり顔なじみになった猫たちは、郁斗を見ると集まってくるようになっていた。それが嬉しい。待っていたよと迎え入れられたような、自分の居場所ができたような。

「家族ってこんなかな。俺、お前たちの餌代稼ぐために、会社に行ってる気がするよ」

朝、目覚ましが鳴った時、また雑用を押し付けられた時。猫たちの顔を思い浮かべれば、頑張ろうという気になれるのだ。

だけどそうして心に血が通い始めると。凍えていた手足を急に火にかざした時のように、今まで見ないようにしていたものがちくちくと胸を急かし始めもして。

「最近つい考えちゃうんだよな。俺、何やってんだろって」

ランチもパンをかじりながらデスクで仕事をしつつ。夜は孤食。最後に友人と飲みに行ったのは、いや、電話で話したのさえ、いつのことだろう。

声に出してみると、普段、考えないようにしている不安がどっとこみあげる。

プライベートの人間関係だけじゃない。会社のことも。この間はとうとう後輩に業績で抜かされた。巻き返せるめどすらない。

「……俺、このままいいように使われて、家と会社の往復で歳とってくのかな」

学生の頃は自分がこんなにできない奴とは思わなかった。

いや、これは業種と職場の人間関係が自分に合っていないだけだろうか。

最近、転職、という吊り広告が気になってしょうがない。

かといって思い切る勇気もない。この不況、他の会社に拾ってもらえるかどうか。

「かといって脱サラするのもな……」

雑誌で生き生きと語る成功者たち。自分にはそこまでの苦労に耐えられる夢もない。

だけど再出発するなら今、三十代になってからじゃ遅い、という心の声もして。

焦ってる。焦ってるのに、一歩を踏み出せない。

「……駄目じゃん、俺。なさけねー」

コンビニ袋を持ってしゃがみこんだまま、顔を膝に埋《う》めた時だった。

「ちょっとあなた、そこで何をしてるの！」

甲高い声をかけられた。

顔を上げると、見覚えのない女性たちがいた。懐中電灯を持った三人組が腕を組み、郁斗の退路を断つように道の真ん中で仁王立ちになっている。

「あなただったのね、最近、ここで餌付けしてるの」

「やっと見つけたわ。現行犯よ」

「やっちゃダメってここに書いてあるでしょ。字が読めないの？」

言われて、傍らの電柱を見上げる。ラミネート加工された、〈駄目！　絶対！〉の字が目に入った。あ。やばい。

「困るのよ、食べ残し目当てでカラスもくるし」

「野良猫を増やすなんて迷惑なの。とにかく、責任を取って」

「この猫たちをなんとかしなさい。さもないと保健所の人、呼ぶからね！」

食べ残し云々は確かに自分が悪い。言い訳のしようもない。

が、猫たちはもともとここにいた子たちで。郁斗が増やしたわけではない。そう言いたいが、悪いことをした自覚はあるし、女性たちの迫力に押されて声が出ない。

（というか、餌付け禁止の話がいつの間にこの子たちの保健所行きの話になってるの⁉︎ちょっと待って、それだけはお願いだからやめてくださいっっ）

圧倒されている間にも、女性三人組に住所や会社名まで白状させられて、

「今後、餌付けは決してしないこと」

「一か月以内にこの猫たちをすべて引き取る。もしくは飼い主を探すこと」

と、約束を迫られ。

普段会社で上司におしまくられて外からの圧力に弱くなっていた郁斗は、「善処します」と、条件反射で顔を縦にふっていたのだった――。


(――その時の三人が今は常連さんだもの。わかんないよなあ、人生って)

郁斗はすまし顔の環さんたちを見る。あの時は本当にこの人たちが怖かった。

いや、今もまだ少し怖いかもしれない。見つかったら怒られる点数の、テスト用紙を隠し持ったまま親の前に出てしまった時みたいな。

そして郁斗は、つい、朝から気にしないようにしているけど気になってしかたのない、待合においた段ボール箱を見てしまう。

「何を見てるの？」

まずい。おっとりしてるのに目ざとい、つぐみさんに見つかった。

「白状なさい、今日は朝からずいぶんと挙動不審じゃない」

「いつかは言ってくれるかなってずっと待ってるのに、何も言ってくれないし」

「その箱は何？　ニーニー可愛い声も聞こえるけど？　こんな目立つ物、私たちに隠しおおせるとでも思ってるの、内海郁斗君？」

「ああっ、すみませんっ。別に隠してたわけじゃ……」

こうなっては仕方がない。環さんたちに、店舗の方へは持ち込めないので、と断って、猫防止扉の外まで来てもらう。

「まあ、子猫！」

「どうしたの、この子」

「近所の中学生が預けていったんです。登校途中に拾っちゃったみたいで」

店の前の道が通学路の、内気そうな女の子だ。窓越しに猫の相手をしてくれることもある。目が合うとあわてて逃げていくので、気づいていないふりをしているけど。

「拾ったのって中学生？　それ、大丈夫？　このまま戻ってこないってことない？」

「親が反対したら飼うの無理でしょ」

「それは大丈夫です。あの子なら」

郁斗は自信を持って言った。

目が合うだけで逃げていく内気さだったのに、あの子は名も知らない店員に、「必ず迎えに来るので預かってください」と言うことができたのだ。

「それだけ決意は固いってことだと思います。だから俺も店の子たちとは一緒にしないで、こうして水と餌だけあげて、待合においてるんです」

こんな小さな猫を見るのは初めてだったらしい龍神様が興奮して『我が面倒を見る、その〈ちゅうがくせい〉とやらに返す必要などない』と主張するのをなだめるのに苦労した。

だがその気持ちはわかる。この子は本当に小さくて可愛いのだ。郁斗も情が移らないようになるべく見ないようにしている。……それでも心配でやっぱり見てしまうけど。

「ただ、場所に慣れなくて怖いのか、まだ鳴くばかりで全然食べてくれないんですよね。声は元気だから弱ってはないっぽいんですけど」

「何も食べない？　ちょっと、もっとよく見せて」

環さんが、ふわふわの手のひらサイズの猫の入った箱を受け取ると、眉をひそめる。

「……これ、小さすぎるわ。まだ乳離れしてないんじゃない？」

「え？」

「つまり、猫の赤ちゃん。固形物をやっても食べないはずよ、だってまだ食べられないんだもの」

「な、なんですか、それ⁉　そりゃ、やたら小さくて可愛いとは思ったけどっ」

猫の飼い方を勉強する時、赤ちゃん猫も資料で見たが実物は初めてだ。

というか、そんな小さなうちに捨てる人がいるなんて思いもしなかったから、盲点だった。動揺のあまり郁斗は素に戻って頭を抱えた。

「嘘だろっ、俺、子育てなんて人間の赤ちゃんでもしたことないのに、無理だって。どうするんだよっ」

　声を聞きつけて、龍神様もあわててやってきた。

『何、赤子となｌ？　……それでこの者が訴えておる言葉がまったくわからぬのか。人に赤子がいるとは知っておったが、猫もそうとは。なんと面妖な……』

　って、龍神様まで赤ちゃん猫だと気づいていなかったのか。育児経験のない男二人、いや、一人と一柱、役に立たない。

「こういう時に限って、用があるからってオーナーも顔見せただけでもう帰っちゃったし。朝預かって、昼の今までほったらかしにしちゃったよ。世話ってどうすんだ……」

　パニックになった郁斗に代わって、環さんたち奥様三人組が、ずい、と前へ出た。

「ここは私たちの出番ね。後は女に任せなさい」

「スポイトある？　それとミルク。できればスキムミルク。なければ薄めた牛乳でいいから」

「ス、スポイトなら茂吉が膀胱炎になった時に使った、投薬用の注射タイプのが」

「それでいいわ、出してきて。ミルクは人肌くらいにあっためて。少しでいいから」

　環さんが赤ちゃん猫を抱き上げると、その口を濡らすようにスポイトからミルクを垂らす。

　途端、赤ちゃん猫が凄い勢いで吸いついてきた。

よほどお腹がすいていたのだろう。細いスポイトの先に舌を絡めるようにして、ちゅっ、ちゅっ、と吸っている。その動きに合わせて環さんはゆっくりとスポイトの中のミルクを赤ちゃん猫の口へと流し込む。

「少量づつ、何度もあげて。それと。この様子じゃ自力排泄もできてないかもだから、丸めたティッシュを少しぬるま湯で湿らせて、そっとお尻を刺激してあげて。赤ちゃん猫は自分だけじゃおしっこもうんちもできないのよ」

巣を清潔に保つためか、母猫が舐めて排泄させるのだそうだ。

環さんから育て方を聞いていると、補助をしてくれていた千夏さんとつぐみさんも改めて心配そうにのぞきこんできた。

「うわ。これ大変よ。その子、中学生よね。　世話できるの?」

「学校に行ってる間とか無理よねえ。赤ちゃんって、数時間ごとにミルクをあげなきゃいけないし」

「……駄目なら、ここで預かります。せめて自力で餌が食べられるようになるまで」

赤ちゃん猫はミルクを与えられながらも、きゅっ、きゅっ、と必死に左右の前足を動かしていた。きっと母猫の胸を押しているつもりなのだ。

か弱い、赤ん坊。

こんな姿を見ると可愛いという想いより先に、胸が痛くなる。こんな幼い、何もわかっていない状態で、この子は捨てられたのだ。人間の都合で、母猫から引き離されて。

思わずぐすっと鼻をすすり上げると、環さんに、「大変なのはこれからよ、今からそんなことでどうするの」とどやされた。

「他の猫と一緒にできないってルール、しょうがないから曲げなさい。せめてもの対策に、怪我やノミのチェックをかねてすぐこの子を綺麗に洗って。迎えが無かったら、夜は一緒に寝たげなさい。授乳があるし、保温の問題もあるから」

「はい！」

多数の動物を飼育している場合、よそから受け入れた子が菌やノミなどを持っていてはまずいので、一緒にする前に、数日、隔離するのが鉄則だ。

金魚でもそうだ。きちんとした店で買ったものでもしばらく薬槽に入れて様子を見る。

だが、もうそんなこと言っていられない。

店は見ててあげるという環さんたちに甘えて、これまたうろたえまくっている龍神様と一緒に、郁斗は赤ちゃん猫を奥へと連れていった。トイレで排泄させて、手のひらサイズの赤ちゃんを洗面所で洗いながら、また涙が出てきた。

むちゃくちゃ小さい。

耳なんて人間の小指の先くらいしかないし、尻尾もちょろっと短いのがあるだけだ。

こんなに小さいのに。

誰かの手がないと生きていけない、儚い存在なのに。

この子はまだ知らない。この小さな体を慈しみ、抱いてくれる母猫とはもう会えないということを。だから、にー、にー、とか細い声で泣いて、いまだに母を呼んでいる。

――やばい。涙が止まらない。

「大丈夫、大丈夫だからな。俺とあの子で絶対、無事に育ててやるから」

言いつつ、あの中学生の女の子の名前も知らないことに気がついた。

でもこの子はまだましなのだ。こうして怪我をする前に保護することができたから。

捨てられた子猫の中には、人に見つけられないままカラスに襲われたりする子もいる。何もわからずに道に迷い出て、車にはねられて放置されてしまう子も。

「でも、俺なんかで育てられるのかな、うう、不安になってきた」

はあ、とため息をつくと、いつの間に来ていたのか、小雪がすりりと郁斗の足に体をこすりつけた。丸い瞳で郁斗を見上げる。

「小雪……」

大丈夫?、と語りかける満月のような眼。そうだ、あの夜もこうして小雪は郁斗に寄り添って、大丈夫だよ、と、龍神様のもとへと導いてくれたのだった――。

――去年の初夏。

環さんたちに餌付けを注意された時のことを、郁斗は再び思い出していた。

「あああ、どうしよう……」

散々叱って満足した三人組が帰ってから、郁斗は頭を抱えてしゃがみこんでいた。

何とかしろと言われても、猫を連れて帰れる環境ではない。

郁斗のアパートはペット不可だし、そもそもこれだけの数、保護しようにもどうやって捕まえればいいのか。なついてくれているとはいえ、餌は食べてもさわらせてはくれない子だっている。

(でも、この子たちが保健所に連れていかれるのだけは、絶対に嫌だ)

何とかしないと。必死に考えて、

「えっと、こういう時はネットでボランティアとか探して、それから……」

スマホで猫の保護団体がないか検索しつつ、思いつく限りの救済策をあたってみる。明日も会社があるのだ、時間がない。

だがせっかく保護団体を見つけても、どこもいっぱいだ。一匹か二匹くらいなら引き取ってくれそうだが、一度にこれだけの数は無理というのは常識でわかる。

こみあげる絶望感と戦っていると、特になついてくれている白猫が、にゃあ、と鳴いて体を足にすりつけてきた。もしかして、こちらの不安がわかるのだろうか。

「ああ、大丈夫だから、俺が何とかするから」

安心させてやりたくて。特にこの猫はなついてくれていることもあって、普段はなるべくこちらからは手を出さないようにしているのに、ついなでようと手を出してしまう。

するると、白猫はするりと郁斗の手をよけた。

だが嫌がって逃げたわけではない。郁斗から少し離れると、そこで立ち止まる。そしてこちらを振り返ってゆっくりと尾をふっている。

「どうしたの？」

導かれるように郁斗が歩み寄ると、白猫はまたするりと郁斗の手を逃れ、数歩進んだところで立ち止まる。郁斗が進む。白猫がまたすり抜ける。さらに郁斗は進む。白猫が誘うように尾を振りつつ前をいく。

気がつくと、他の猫たちも郁斗を取り囲むようにして、こっち、こっちと誘うように尾を振っていた。

（なんだ……？）

猫たちに囲まれ、導かれるままに、参道を奥へと進んでいく。

どんどん周りの猫が増えていく。あちらの木陰から、家々の塀上から。

『こっちこっち』

『早く早く』

猫たちのささやきまで聞こえるような、不思議な感覚。

遠い昔、子どもの頃に夏の田舎で見た、幻燈のような。くるくる回る猫たち。鎮守の杜に入り、そのさらに奥の暗がりへと郁斗を誘う。

もう街灯の光も届かない。足元が妙にふわふわして現実味がない。なのに前を行く猫のしなやかな背や、互いにじゃれ合う猫のピンと立った髭先までもがはっきりと見える。

まるで夢かお伽話の中に迷い込んだような。

がさり。

茂みをかき分けてたどりついたのは、ぽっかりと開けた空間だった。

池がある。

そしてその畔に、大きな柳の木があった。

「へえ、こんなところに池なんかあったんだ」

町中だというのに、灯一つ、車の音一つしない。

ざわざわと闇だけが騒ぐ中、黒銀の葉をゆらす柳の古木に近寄ると、幹に朽ちたしめ縄が張られているのが見えた。そしてその根元には、成長する過程で取り込んだのか、苔むした何かがあった。

祠だ。

小さな石の祠が、太い蛇のようにねじれた幹の間にはまり込む形で、そこにあった。

「アユタヤの遺跡の仏像みたいだな……」

いったい何を祀った祠だろう。

のぞき込んで確かめてみたけれど、古びた石の祠はあちこちがすり減り、すでに元の色がわからないほど黒ずんでいた。刻まれていただろう字ももう読めない。

（誰もお参りに来てないのかな）

忘れ去られた神の家。

寂しくなって、倒れていた徳利《とっくり》を祠の前におきなおす。つもった枯葉をはらい、晩酌用にと買っていた缶ビールを出して供えてみた。

それから、どうか猫たちを救ってください、と両手を合わせて祈る。

その時だった。声が聞こえた。

『おもしろい。己ではなく、猫の救済を求めるか』

「え？」

あわてて辺りを見回す。猫しかいない。なのに再び涼やかな声が郁斗の頭に響いて。

『その無私の心、気に入った。そなた、人にしては見込みがある』

そして、目の前に龍神様が現れたのだ。

ふわりと風を孕んだ優雅な狩衣烏帽子をつけた、人の姿で――。

2

（――あれが、この猫好きの龍神様との出会いだったんだよなあ）

環さんたちに言われた猫たちの事情を龍神様に話したのは、その時だ。ここにいる猫たちが、長らく結界に閉じこもっていた龍神様の唯一の友だということを知ったのも。

龍神様は猫たちを、『我の眷属』とまで言い切った。そして、

『我に人の世の些事《さじ》はわからぬ。故にこの結界の外で猫たちがどのように扱われ、その飢えを、渇きをどう癒してやればよいか、想いが及ばぬ。猫たちの危機を知ろうとも、救ってはやれぬのだ』

眩しくて姿をまともに見れない郁斗のために、龍神様は神威《しんい》をしぼって言ってくれた。

『故に、人であるそなたに猫たちを託そう。我がそなたに加護を与える故、この猫たちが無事、人の世で暮らしていけるよう、労をとれ』

それが郁斗と龍神様が交わした契約。

いや、神との取り決めなのだから、誓約といったほうがいいのかもしれない。

まるでお伽話そのものの経緯で、郁斗は猫を救える宝を手に入れた。

かぐや姫を引き取った翁《おきな》と同じだ。養育費には困らない。しかしこれだけの数だ。世話のことを考えると今の仕事を続けられない。それでも先のことを考えると会社を辞めることにためらいがあったが、そこは背を押してくれる人がいた。

よく通勤電車で一緒になる、名も知らない女性だ。

いつも同じ車両の決まった場所にいるので、何となく覚えてしまった人。郁斗と同じ終電帰宅組なので、勝手に〈同志〉と親近感を持っていた。

顔も知らない、後姿だけしか知らないその人に、郁斗はたまたま訪れたビルのロビーで一緒になったことがある。待合のソファに座って取引相手の迎えを待っている時に、彼女が上司に辞表とともに啖呵を叩きつけているところに遭遇したのだ。

「人生八十年って言いますけど、したいことがあって、それができる歳って今しかないんです。待ってくれない。だから私、替えの利く歯車のままでいたくないんです！」

その言葉が、決定打となった。

それからの郁斗は猫たちの貰い手を探すのではなく、自分がすべて引き取る方向で動き始めた。経済活動をつづけながらできる多頭飼いについて資料を集めた結果、私設動物園などに混じって検索にひっかかったのが猫カフェだった。

これだ、と飛びついた。

店を開くなら、できれば恩人である龍神様の祠に近いところがいい。龍神様がいつでも猫たちの様子を見に来れるように。祠と自由に行き来できるように。

土地から買うのはさすがに無理なので、たまたま近くにあった空き家を借りうけた。持ち主である梓さんが熱心な協力者になってくれたのがありがたかった。

それから環さんの元へ出向いて、理解を得た。

猫カフェを開くと決めたが、住居兼用の店をまず用意しなくてはならないし、各種資格もいる。すべてが整うまでに時間がかかる。それでも必ず皆を引き取るので、保健所を呼ぶのは待って欲しい。そう頭を下げたのだ。

その間も捕まえられる子は捕まえて、順番に獣医さんに連れて行って。無理そうな子は龍神様を通して説得してもらった。薬師《くすし》に診せるのは猫の将来を考えると必須事項だと言って。

そして郁斗自身はチェーンの猫カフェで修業するかたわら、動物取扱業の登録、食品衛生責任者など必要な資格をとるため精力的に動いた。飲食店営業許可ももらいにいかないといけないし、珈琲やラテの淹れ方も学ばなくてはならない。やることは山のようにあった。

何より、スタッフとなる猫たちは元が地域猫。人に慣れる練習もしなくてはならない。

カフェ予定の建物の二階に作った住居で、順次、動物病院から戻ってきた猫たちと一緒に暮らして、辛抱強く彼らが慣れるのを待って。

やっと店をオープンできたのは、今年の一月のことだった——。

——そこまで思い起こして、郁斗は改めて猫たちとのお城、龍仁庵を見る。龍神様の正体がばれるかもしれない危険を冒しても、店の名を龍仁庵としたのは、龍神様への感謝の気持ちと、ここは龍神様の新しい祠でもあります、という敬意の気持ちからだ。

洗い終わった赤ちゃん猫をおそるおそる抱き上げる龍神様や、思わぬ捨て子騒動にあわてる人間たちを我関せずと眺める猫たちを見ていると、あの日思い切ってよかったな、と思えた。

赤ちゃん猫の世話を一通り終えて、新しい箱にもう一度、トイレシートとふわふわタオルをしいて店に戻ると、改めて環さんに礼を言う。

「あの、ありがとうございました。俺一人じゃこの子を死なせてたかもしれないです」

「こんな小さな子を見るってそうそうないから。世話の仕方を知らなくて当たり前よ。私は昔、飼ってたから。でも勉強不足よ。店長なんだからこれくらい、ちゃちゃっとできるようになりなさい。猫用ミルクも常備しておくこと。牛乳じゃお腹に合わない子もいるから」

ふんっと両手を腰に当てて環さんが言う。その表情が、初めて会った時と全く同じで。

郁斗は思わず微笑んでいた。

「環さん、ぜんぜん変わってませんね。あの時もそうして俺、怒られました」

しみじみ言うと、あの時と同じに、環さんの隣にいるつぐみさんと千夏さんも笑う。

「しょうがないわ。あの時の郁斗君、眼が死んでてよれよれで不審者でしかなかったし」

「とてもじゃないけど猫を可愛がってるようには見えなかったわよねー。ストレス発散に虐待の対象を探してる、爆発寸前のサラリーマンにしか」

「それがまさか私たちが脅し文句につかっただけの保健所行きを真に受けて、猫たちを皆、保護してくれるなんてね。見直したわ」

「環さんが嫌いなのはね、無責任な飼い主や餌付けおばさんだけよ」

「あんな言い方したのも、あの頃、都内で鳩や猫の虐待が頻発してたからだったし。あの見回りだって、餌付け防止っていうより、虐待犯を捕まえるためで」

三人で自警団を結成して、町内を回っていたそうだ。

中途半端に餌付けをされて、知らない人間を警戒しないようになった猫は、簡単に虐待犯にもつかまってしまう。その後におこる悲劇は、無理に狩られた猫よりむごいものだろう。

どうして、どうしてこんなひどいことするの。痛いよ、苦しいよ。

一度人を信じてしまった猫たちは、ふるわれる暴力に満足な抵抗もできないまま、手足を折られ、その小さな体を引き裂かれてしまう。

きちんと責任をとれないなら、手出しをするな。

環さんの主張は、そんな悲劇を見たからだ。

餌をあげることで生き延びる猫はいる。だがそもそも気まぐれで餌を与え、途中でやめてしまったら？　猫たちはずっと待ち続ける。来ない相手を。

何よりここなら餌をもらえるらしいと無責任に猫を捨てていく人も出てくるかもしれない。食べ残しの餌を狙ってカラスが来るようになれば、か弱い子猫などあっという間に狩られてしまう。それは最初からその存在を無視するより、よほど残酷なことではないか？

環さんの態度は、優しさが高じたツンだったのだ。

「……環さん、いい人ですね」

「ふん、おばさんにお世辞言っても何も出ないわよ」

ぷいと顔をそむけるところが、可愛らしい。年上の女性にこんなことを言うと失礼だから口には出さないけど。

とりあえず赤ちゃん猫は龍神様が、『我が守護しよう』と言ってくれたので預けて。

郁斗はせめてものお礼にと、環さんたち三人組に、龍仁庵特製フルーツあんみつを提供することにした。三月のホワイトデーを意識して開発した、ハート型トッピングの苺の赤が嬉しいミルク寒天ゼリーもつける。

フルーツの香りがミルクの誘惑を断ち切るのか、牛乳をつかっていてもこのゼリーだけはみー君がやってこないので、喫茶で安心して提供できる。

「わあ、綺麗。優しい甘さね」

「苺はやっぱり女の永遠の友達よ」

ありがとうございます、と返しながら環さんたちのグラスにお冷を注いでいると、彼女たちが持ち寄ったプリントに眼がいった。

今日はいつものようにおしゃべりばかりではなく、何か勉強会をしていたらしい。邪魔をしてすまないことをしたが、活動的な人たちだと思う。

「郷土の歴史、ですか?」

「ええ。こういうご時世でしょう? 自治会有志として、この辺りの歴史を調べてるの」

近年、次々と起こる災害。それに備えるために、先人の知恵や言い伝えの見直しの必要性が、自治会内でクローズアップされているらしい。

「水がここまで来たっていう記録や石碑とか。地名に残る災害の起こりやすい場所とか。あればマップにしたいのよ。けどなかなかそれっぽい文献ってないのよねえ」

「言い伝えってレベルならいろいろあるんだけど」

「昔、この辺りって治水がうまくいってなかったのよね。で、生贄をささげたとか」

「他にも、巫女さんをしていた娘が男と密通したとかで、神様の怒りをかって、村人に殺されてってひどい話ならあるのよね」

「え？」

思わず、郁斗は身を乗り出す。

「神様の怒り、それってつまり水害があったってことじゃないかなって」

「どこでおこったことか、本当の話だったらマップに反映させたいのよねー。でもかなり古いっていうか、信憑性《しんぴょうせい》も怪しいレベルで」

「誰かもっと詳しく知ってる人いないかしら」

環さんたちはまだ話しているが、もう郁斗の耳には入らない。

水害、生贄の少女。

一度だけ垣間見た、龍神様の記憶。村人になぶり殺しにされたような、少女の姿。

人間嫌いの龍神様。『水で押し流す』と、怒るとよく口にする龍神様。

（それって、まさか……）

郁斗は思わず振り返る。龍神様は縁側にいた。

新しく来た赤ちゃん猫の入った箱をこわごわと引き寄せつつ、彼は慈愛に満ちた眼を向けていた。

閑話　郁斗と彼女の後姿

郁人には気さくに声をかけてくれる異性の知り合いはいても、彼女はいない。押しの弱い性格にその他もろもろ。それらが災いするのか、知り合っても深い付き合いにまでいかないのだ。そんな郁斗にも、忘れられない女性はいる——。

「小雪、そろそろ爪切らない？」

郁斗は爪切りを手に、窓際でくつろぐ小雪に声をかけた。

ここは猫カフェ、龍仁庵。初春の日差しが心地よい午後のこと。厨房からは、とろ火でことこと煮込む八朔《はっさく》の良い香りがしてくる。ほろ苦い大人味の柑橘が旬なので、大量に買い込んでスコーンや紅茶に添えるジャムをつくっているのだ。

お日様色の大きな八朔を洗って水けをふいて。分厚い皮をむいて細く刻む。とりわけた果実、果汁と一緒にして、砂糖とともに煮込む。ここまでしてしまうと後は時間仕事。焦げつかないように匙でまぜつつ日常のルーティン仕事も終えた郁斗は、お客の少ない時間帯をねらって、猫たちにできる各種お世話仕事も片付けようとしていた。

猫の爪はこまめに切っておかないと、いたるところで爪とぎをするし、伸びすぎて変形したりもする。昨日はいつもぐでぐで寝ている切りやすい子たちの爪を切ったから、今日は次点で切りやすい、おとなしくて暴れない子たちの番。

ところが。いつものように抱き上げて切ろうと、小雪に手を伸ばすと。

ぺしっ。容赦なくはたかれた。

「う、久しぶりの小雪のお母さんパンチ」

そうだった。この時間の小雪の邪魔をすると、猫パンチを喰らうのだった。

窓際で憩う時間を邪魔しないこと。首に巻いた赤い組紐を外そうとしないこと。この二つが小雪にとっての逆鱗、要注意事項だ。テリトリーを犯した郁斗が悪い。

「ごめん、小雪。出直すから、それまでに機嫌直してね」

言って、おとなしく引き下がる。

猫への対し方は、まさに千差万別。それぞれ、ふれれば怒らせてしまう逆鱗ツボもあれば、喜ぶ撫でツボもある。

例えばみりんは喉の下や首周りをがしがし掻いてもらうのが好きだし、ラオウは背中を逆なでされるのが好き。新之助は鼻をむにむにこすってもらうのがお気に入りで、カイザーは人の手が近寄ることすら嫌う。みー君はおやつがもらえれば後はどうでもいい。

初対面で相手のツボを探り当てるのは、よほど猫に慣れて観察力が鋭くないと無理だ。逆に逆鱗に触れるとすかさず猫パンチをくらうか、逃げられてしまうので、要注意。

(これってさすがにお試しで来店した一見さんには、ハードル高いよなぁ)

なので、今、郁斗は猫スタッフ全員の名前と顔写真、それぞれが好むツボと逆鱗をコメントとしてのせた案内シートをつくろうとしている。

ジャムを煮込む火は止めた。

我ながらなかなかの味に仕上がった金色の自然の恵みをガラス瓶に入れると、後は冷めるのを待つだけ。小雪が機嫌を直してくれるまで様子を見つつ店内に置いたノートパソコンに向かっていると、

「へえ、コメントうまいじゃない、郁斗君」

来店していた朱里さんがパソコン画面をのぞき込んできた。

彼女は餌を食べない飼い猫を心配して、ここに訪れて以来の常連さんだ。今は実家でお母さんと暮らしながら漫画を描いている。朱里さんが戻って家族が増えたことが嬉しいのか、猫のショコラちゃんも食欲が戻って元気になったそうだ。

「漫画家さんにそう言ってもらえると自信つきます。俺、もともと文章を考えるの苦手で」

とはいえ今の作業は全然苦痛ではないのだが。

「可愛い猫たちを知ってもらうためって思うと言葉が湧いてきて、取捨選択が大変なくらいなんですけど、それが人に通じるかってとこは別だから、チェック欲しかったんです」

以前の郁斗なら遠慮して、自分からこんな願いを口にすることはなかっただろう。それが今では鷹見やオーナー、いろいろな人に助力を頼んだり弱みを見せたりしている。

(俺、ずいぶん変わったよなぁ)

会社員時代は周りに気を使ってずっと縮こまって生きていた気がする。

やっぱり今って湧き出るパワーが違うよな、と朱里さんとキーボードを打っていると、

「御免ください」と古風な言い回しの声がして、可愛い女子中学生が遠慮しながら入ってきた。

「あの、うちの〈フィナンシェ〉、引き取りに来ました」

「ああ、遥《はるか》ちゃん。もうそんな時間か」

はい、元気にしてたよ、と、預かっていたふわふわの赤ちゃん猫を大事にキャリーに移す。

遥ちゃんは通学途中に捨て猫を拾ってしまった女の子だ。幸い家で飼う許可はもらえたが、遥ちゃんの両親は共働きで、日中の世話ができない。なので遥ちゃんが学校に行っている間は、龍仁庵で無償で預かることにしたのだ。

「すみません、いつもいつも」

「いいんだよ。ここは保護猫カフェもやってるから。だから猫が新しい家族と暮らせるようにサポートできたら、それだけで俺も嬉しいし」

それより、と郁斗は心配になって遥ちゃんの顔を見る。

「俺はいわば昼の一時保育だから全然平気だけど。遥ちゃん、夜、ちゃんと眠れてる？ 学業もあるのに、育ち盛りの年齢で二十四時間保育は大変だろう。少しくらいなら預かり延長するよと言うと、彼女は真っ赤になってしまった。

あ。まずい。またやった。余計なことを言いすぎた。

どうも郁斗は人との距離の取り方が下手だ。こんな思春期の女の子が、大の男にプライベートに口出しされたら引く。

ごめんね、馴れ馴れしすぎた、と、反省しながら、帰っていく遥ちゃんを見送っていると、傍のテーブル席にいた朱里さんが、ぼそっと、「鈍感。そのうち刺されるから」と言った。

「朱里さん？ 何か言いました？」

「別に。郁君店長って私の時もだったけど、お金にもならないのに何でも熱心にやるなあって。そんなので世間の荒波を越えていけるのかなって、ちょっと心配になっただけ」

「心配って。俺、そんな頼りないですか？」

オーナーや環さんくらいの年代の人に言われるなら、まあ、人生経験足りてないし、しょうがないかと思えるが、同年代の朱里さんに言われるとショックだ。それに。

「何でもじゃないですよ。俺、そんなお人よしじゃないし、余裕もないし。これが縁で遥ちゃんが将来の店の顧客になってくれればと考えたら、これだってじゅうぶん商業活動ですから」

猫好きの輪が広がれば、郁斗としては大満足だ。

赤ちゃん保育がしんどいのも後少し。ドライフードを一人で食べられるようになれば、家で留守番をさせられるし、夜に起こされることもない。この点、成長の早い猫の子で助かったと思う。世の人間のお母さんたちは大変だ。

「それに俺、猫が好きだからやってるだけで、可愛い赤ちゃんの相手は嬉しいくらいだし。いわば趣味の延長っていったら、真面目に仕事してる人に怒られそうですけど」

「趣味の延長、か。他人から見ると、どこまでが頑張れって言える夢で、どこからが我儘って言われる趣味なんだろうね」

朱里さんが、独り言めいて言った。

「ここのこととか猫の世話とか。郁君が真剣に取り組んでるのって、見てればわかる。だからオーナーとか環さんとか、皆も応援してくれるんだと思う。人徳ってやつかなあ」

「朱里さん？」

「私さ、実は二十七なのよね。ううん、もうすぐ二十八になる」

あ、一つ年上だったんだ。

「こんな歳なのに、今の私の身分ってフリーター。それも自業自得の。会社辞める時は母にも友達にもいろいろ言われた。せっかく正社員で採用してもらえたのに、贅沢だって」

そう言うと、朱里さんがぽつりぽつりと胸の内を話し始めた。

郁斗はこういう時、黙って聞き役になることにしている。

龍仁庵に来るお客様の中には、こうして心に抱えたものを外へ出す人が少なくない。

普通の喫茶店ではなく、猫カフェで。人ではなく猫たちに話す、というスタンスだからだろうか。ストレスをためてやってくる人たちは、皆、店に入って来た時より、明るい顔になって出ていくので、こうして話すことも無駄ではないと思う。

「今の時代、作画ソフトがあるから描く手間は減ったわ。その分、アシスタント仕事も減ったし、敷居が低くなったから描く人も増えた。だから漫画一本でやっていくのはしんどいと思う。しかもこの歳になってからだもん。趣味で続ければいいじゃないって、皆に言われた」

でもね、と朱里さんが続ける。

「それだと描けないの。仕事をしていればそっちをおろそかにできないから平日は無理。休日だって疲れて寝てるし、ある日、思ったの。あ、私、何してるんだろうって」

将来の夢はずっと漫画家だった。

だから少しでも近い職業に就きたくて、印刷関係の会社に入った。だけど本当にしたかったのは漫画を描くことで、サポートすることじゃない。

「このまま三十になって、親の言う通り結婚とかしたら。もっと時間が無くなる。もう描けなくなる。そうして夢は夢として忘れちゃうのかなと思ったら、もうつらくてつらくて」

その場にしゃがみこんで、泣いてしまったのだそうだ。

「だから私、決めたの。夢をあきらめないって」

後悔する時が来るかもしれない。あのまま仕事を続けていればよかったのにと、自分で自分を責めるかもしれない。

「だけど仕事を続けても、あの時どうして思いきらなかったのって絶対後悔する。どっちも後悔するなら、好きなことをして後悔したい。そう思ったの。でもやっぱり焦って、皆に取り残された気分になって、心も折れかけて」

そのうえショコラのことが重なって。一人でどうしようもなくて、でも親にも意地を張ってたから、助けを求めることもできなくて。

「そんな時、郁斗君が声をかけてくれたんだよ」

すごくうれしかった。そう朱里さんが言ってくれた。

「だからこのお店、頑張って続けて欲しい。心がしんどくなった時、いつでもこれる場所があるって、すごく助かるの」

「……俺の方こそ、これからもよろしくお願いします」

オープンしてようやく二か月。未だにいろいろ問題にぶちあたる。

そんな中、初心者の自分がなんとかやってこれたのは、龍神様の加護や猫たちのおかげだけではない。

オーナーに鷹見、シンヤ君、環さんたちに、朱里さん。それに……。

会社を辞める時、背を押してくれた、名も知らぬ彼女。未だに顔も知らない彼女の凛とした声は、今もずっと郁斗の心の支えだ。

郁斗だって訪れるお客様や行き会う人たちに、いっぱいの力をもらってる――。

第四話　郁斗と龍神様の過去語り

春の訪れまであと少し。

庭に植わったクリスマスローズが淡い緑がかった花を咲かせ、気の早い店が苺フェアと銘打って美味そうなパフェやパンケーキを提供し始めた頃のこと。

龍仁庵では、龍神が独り、眉をひそめていた。

最近、郁斗がよく出かける。

つい半刻ばかり前もそうだ。〈こ～と〉を羽織り用意をしているので、声をかけてみた。

『今日も買い出しとやらか？』

「あ、いえ、今日はプライベートで」

今日は〈ていきゅうび〉だ。朝から晩までゆっくり猫と戯れることができる貴重な日だというのに、郁斗は外出するようだ。しかも〈ぷらいべ～と〉。

炬燵には我のおやつだろう。最近、気に入りの〈つ久《く》し〉の豆大福がおいてある。水筒に入った熱い茶まであるのを見ると、遠出する気だ。しかも言葉を濁すのは知られたくないところへ行くつもり。我の加護を受けし者、いわば我の覡《かんなぎ》である身で、神に隠し事をするとは何たる不敬。しかも、

「何かお土産を買ってきますよ。何がいいですか」

機嫌とりのつもりか。小賢しい。

不快だったので、ぷいと顔を横に向けてやる。なのに郁斗は、「鷹見が持ってきてくれた春の新作ムースも冷蔵庫にありますからね」と苦笑しながら行ってしまった。我が不服だと示しておるのだから、遠出などとりやめるのが筋であろうに。

実に腹が立つ。

なので、〈きょうどうけいえいしゃ〉として店の発展のために読んでいた、〈おーなー〉持参の占い師入門の書をぽいと投げてやった。せいせいはしたが、胸にできたしこりのような不快感は完全には晴れない。

『……郁斗めが。神を苛立たせて何をしておるのか』

眉根をよせ、早く帰ってこぬか、説教をしてやるのに、と、郁斗が消えた方角を見る。

いったい何故にこのようにもやもやするのか。

龍神は己の胸の内を不可思議に感じる。人は相変わらず嫌いだ。だがいつの間にか、郁斗が仕えること、〈おーなー〉や鷹見といった人間たちが共にいることを当然と感じるようになっているのは確かで。

そのことを考えるとさらに不快になって、龍神は手にした扇を、ぱちん、と、音を立てて閉じた。

……長い冬の後に訪れた、雪解けの季節のような淡い、ゆっくりとした変化。それがもたらすものが何か。春が来る前に地を駆け抜ける春一番、強風の存在を、龍神も、郁斗もまだ知らない。

1

今日は〈猫茶房　龍仁庵〉の定休日。

その日、郁斗はうららかな春を思わす陽が差す窓際で本を読んでいた。龍神様を店の留守番に残して、区内の図書館で調べ物をしていたのだ。

最近の龍神様は夜も祠に帰らず、店にいることが多い。

なので日当たりのいい二階の一室を、ふわふわの猫ラグに猫クッション、猫柄布団と、猫尽くしにしてみた。すると気に入ってもらえたらしく、そこを〈座所《ざしょ》〉と呼んで、朝は「ご飯ですよ」と起こしにいくまで猫と一緒に寝ている。

一人での一軒家暮らしが心細かった郁斗には、嬉しい変化だ。が、一緒に過ごす時間が増えるということは、うっかり失言してしまう率もあがるということで。

郁斗はただでさえ鈍感と言われる。プレオープンの日に朱里さんにやってしまったことなど、思い出すだけで悶えたくなる。

だから前もって注意できるように、龍神様の逆鱗は何か、調べることにしたのだ。

そうなると、とっかかりは龍神様の過去というか、あの祠の由来になるのだが。

郁斗は龍神様の祠がどこにあるか、そこからして知らない。

龍仁庵にある戸棚とつながっているし、小雪に案内されたのも隣の神社の参道からだった。だからあの近くだと思うのだが、あの神社自体は平安末期の熊野信仰がさかんだった頃に本宮の御分霊を拝受したと起源にある。龍神様とは関係ない。それに、

「祠に行く時に感じる、ぐにゃり、って感触。あれってなんかわかんないけど、絶対、異空間っていうか、別のとこに入ってる」

龍神様も〈神域〉と口にするし、あの祠は実際にはこの世に存在しないのかもしれない。

それでも龍神様が昔、この辺りの守護神と崇められていたのは確かで。寺社や碑文の形での記録がなくとも、昔話に姿を変えて、図書館の資料のどこかに残っているかもしれない。郁斗はそれを探しに来たのだ。

「さあ、やるぞ」

気合を入れて本の山に立ち向かう。

「目黒で龍神様で水関係といえば、有名なのは瀧泉寺《りゅうせんじ》だけど」

成り立ちに龍こそ出てこないが、境内で写真を撮ると淡い緑色をした龍の影が写るという有名スポットだ。が、場所が離れているし、これまたうちの龍神様とは関係なさそうだ。と、なると、

「メジャーどころ以外で探すの難しいなあ。資料は検索できるようになってるけど」

困った。図書館にある端末は、知りたい人名などを打ち込むと、該当ページまで出てくる。だが残念ながら郁斗が知りたい事柄に、検索できる具体的な名前があるわけではない。

だがそれでもわかったことがある。

目黒の一部は昔、〈衾村《ふすまむら》〉とよばれていたそうだ。由来ははっきりしない。馬が足を取られやすい湿地で、伏馬《ふしま》と言ったのがなまったとか、谷の間だったからとか。

「山から大蛇がおりてきた」という言い伝えもあるし、昔から水に対して敏感な土地柄だったのだと思う。それこそ、加護を願って生贄を捧げたくなるような。

〈巫女が密通したと神の怒りをかって、村人に殺されて〉

つぐみさんの言葉を思い出して、郁斗はあわてて顔を左右にふる。違う。あれが龍神様の伝承のわけがない。それもはっきりさせたくて龍神様には内緒でここに来たのだから。

茂吉の冤罪に怒って雨を降らせた龍神様。

テレビの時代劇を見ながら悪代官に向かって、愚か者がと説教をしている龍神様。ちょっとツンとしているけど、優しい、優しい神様だ。

龍神様がいてくれるから、今の龍仁庵がある。そんな恩だけでない。郁斗は龍神様が好きだ。だから、

「もう、龍神様にあんな顔、させたくないんだ……」

茂吉に皿を割った疑いがかけられた時の、龍神様のつらそうな顔。

郁斗は、猫たちを守ると誓約して、〈猫茶房　龍仁庵〉の店長になった。いわば猫たちの守護者、店という聖域を守る、人の世界に対する壁であり代理人だ。

それは龍神様に対しても言えると思う。

あの伝承がもし間違った言い伝えなら。龍神様が誤解されたうえでの話なら。だから未だに冤罪に対して怒るし、人が嫌いだというのなら。今も龍神様が傷ついているのなら。

不用意に傷にふれてしまわないように、大切な神様を守るために過去を知っておきたい。ただ、それだけなのだ。

でも郁斗は神への応対は不慣れだ。うまくできる自信がない。

今まで神に仕える方法なんて習ってこなかった。前の職場でうまくいかなかったように、またここでも失敗して龍神様をさらに傷つけてしまったら。それが怖い。

だから龍神様の過去を調べるついでに、神に対する作法とか巫女や神主の心得のようなものがあれば学びたい。そう思うのだ。……たぶん龍神様は郁斗の言動など気にもしない

だろうけど。

悔しいが郁斗は龍神様にとって嫌いな人間の一人で、猫の世話係だから名を呼んでもらえる、ただそれだけの存在だ。だけどそれはやはり寂しくて。その寂しさを紛らわすために適度な距離のとり方を調べようとしているのもあるかもしれなくて……。

そこまでぐるぐると考えて、郁斗はふと我に返った。

「これって、他の人が神様に抱く想いと、同じなのかな」

世間の神主さんたちも己が祀る神にこんなもどかしい、ぐちゃぐちゃしたわけのわからない想いを抱いているのだろうか。今まで初詣くらいしか神社へ行かなかった不信心者の郁斗にはわからない。でも、これは。

「……なんか、信仰心って片想いみたいだ」

一方通行の想い。一人だけの胸のもや。

ちょっと頭を冷やそうと窓に額をつける。

ひんやりとした硝子は美しく儚く、その向こうを簡単に見通せそうに見えて、それでもしっかりと内と外とを分けていた。

『暇、だのぉ』

店に残った龍神は、独りの時間を持て余し、扇を揺らめかせながら欠伸をしていた。

郁斗はゆっくり休んでいてください、と言った。確かに慣れぬ〈せっきゃく〉とやらはつかれる。だが暇は〈せっきゃく〉以上に心がつかれる。

扇をゆらしつつ猫かふぇに改築された店を見る。猫たちが転げまわって遊んでいた。だが〈おーなー〉も鷹見もいない。茂吉を攫った憎い〈しんや〉という若者さえいない。

人の声がまったく聞こえない空間は、妙にわびしく感じた。

『……これは、いかぬのではないか？』

我は人などどうでもいいし、別に胸の辺りがすうすう肌寒くなったりはしない。が、ここには人の世で生まれ育った猫たちがいる。

猫は寒がりだ。このような人間不在の時間が続けば、〈こたつ〉があろうとも風邪を引いてしまうのではないか。

『ええい、よけいな心配事を増やしおって』

最近の郁斗はどうも自覚が足りぬ。

『いや、自覚がないのは郁斗だけではない、鷹見もだ』

我の正体を知らぬ〈おーなー〉はしかたがない。だが鷹見は知っているのだ。美味とはいえ作り置きの神撰をおいていくのではなく、毎食をここで作り、温かなそれを猫たちとともに食すべきなのだ。

あまりに腹が立ったので、作り置きはさっさと食べ終え、早く次の甘味を持てと言ってやろうと、〈れいぞーこ〉を開ける。と、春らしい桜の色や若葉の色をした〈む〜す〉に混じって、我専用だろう、栗をつかった和風の〈け〜き〉があった。

やわらかな茶色。甘い香り。

ふと、はるか昔にふれたものを思い出した。

『……あの娘も、我によく栗を持ってきおったの』

もう今は遠い日々のこと。淡い陽炎の向こうにあるような、戻らぬ過去に想いを馳せる。

あれからいったいどれだけの歳月が流れたのか。

人の姿をとった、己の手を見る。

そうだ、我はあの時、この世に生を受けたのだ――――。

――我の最初は、泉の底から湧き上がる、意識などない無垢なる泡だった。

透明な気泡がいつしか集まって、あえかな姿をもつ、名も無き存在となった。それが我だ。

そんなある日、しぶきを上げて泉に落ちてきた娘がいた。

生贄だった。泉の外に住まう人間たちが、己の邑《むら》の加護を願って、老いた母しかいない弱い境遇の娘を、投げ込んできたのだ。

「あなた、だ、れ?」

がりがりにやせた娘が水中で発した、最初の想いはそれだった。

「もし、や、この泉にすまう〈神〉、であらせられ、ます、か……」

ならばどうか。わたしの身とひきかえに、この邑をおすくいください……。

背が、人の大人の半分ほどしかない小さな娘。

そんな幼い娘から、少し舌足らずな、澄んだ祈りの心を向けられて。

我は初めて我となった。神としての自我を持ち、娘の脳裏に浮かぶ神の姿、龍の姿を己のものとした。

その礼というわけではない。単に、己の住まう泉を、人などに汚されるのが不快で。

我は水に溺れ、意識を失いかけていた小さな娘を、泉の外へと放り出した。

ところが邑人たちは戻ってきた娘を、逃げてきた、と思ったらしい。また放り込んできた。

我は怒ってすぐにまた放り出してやった。

すると人間たちは何故大人しく沈まぬと娘を責め、今度は蔦《つた》でぐるぐるに縛り、足に石をつけて放り込んできた。

《馬鹿か、こやつらは！》

我は水面の外へと姿を現し、贄などいらぬ、水の加護であれば与えてやる故、もうこの娘を放り込むなと脅してやった。

するど何を勘違いしたのか、今度は邑人たちは我を龍神、邑の守護神と崇め、祠をたて、まだ童《わらわ》の娘を巫女と呼び、我と泉の世話を命じた。

それから、我と娘の不思議な暮らしが始まった。

朝、陽の光が差し込むと、近くに建てた掘っ立て小屋から出てきた娘が、ごきげんいかがですか、龍神様、と呼びかける。無視していると、龍神様はおねぼうなのですねと真顔で言うので、腹が立った我は、毎日、朝から泉の外へと出るようになった。

それからの日々は後にして想えば平穏だったと思う。邑人たちも我が与えた水の加護のおかげで、娘を「もう一度、泉へ」とは言わなかった。

我は娘を見守り、娘は我を見守った。娘は昼は山を駆けめぐり、とれた山の幸を神撰として祀った。我は神ゆえその想いのみを食し、残った果実などはやせっぽちの娘に下げ渡した。

空っぽだった我に、少し興味を持つ生き物ができた、そんな感覚だった。

何しろこの娘、幼さ故の無知からか、突拍子もないことをいろいろしでかしてくれるのだ。

龍体のまま気持ちよく水面に浮いていると、泣きながら水に飛び込んできて、自分より大きな我の体を岸まで引こうとしたこともあった。

『そなたは何をしておる⁉』

「だ、だって、ぜんぜん動かれないので、お、溺れられたのかと」

馬鹿な。神たる我が溺れるわけがない。だがその時から小さな娘と同じくらいの童男《おぐな》の姿をとり、泉の外に佇むことが多くなったのは、水の冷たさにがちがち震える娘をもう泉に飛び込ませないためと、その腕の温かさが思いのほか気に入ったからかもしれない。

それからも娘は我の思いもよらぬことをいろいろとしでかした。死んだ狐を手に、生き返らせることはできないかと押しかけて来たり、鳥の雛が生まれた、見に行こうと誘って来たり。

騒がしくて、面倒で。だが眼を離せない。

そのうち娘は成長し、瘠せた体にもふっくらと肉がつきはじめた。幼い突拍子のない言動も鳴りを潜め、落ち着いた大人の娘のそぶりを見せるようになった。

それと時を同じくして、娘の周囲に邑の若者たちが現れるようになった。

だいたいは眼をやる価値もない滓《かす》どもだったが、中に一人、遠くから娘を見つめるだけだが、なかなか清い気をまとった若者がいた。

人の美醜などわからぬが、娘とはなかなかの似合いだと思った。

『何故、あの者はそなたに声をかけぬ。そなたもだ。何故あの者の元へ行かぬ』

「邑長様のところのくのえ様が、あの人をお好きですから。だから私もいいのです」

わからぬ。何故それで互いに眼を合わせることすら駄目になるのか。

『もしや〈ふたまた〉をかける〈ふじつなおとこ〉というやつか？』

「違います。あの人は誠実ゆえに距離をおいてくださるのです。それに私は巫女ですから」

　ますますわからぬ。

　納得がいかず、我はいつしか最初にとった幼い少年の姿ではなく、娘と同じ年頃の若者の姿をとるようになっていた。今にして思うと、成長した娘の心を理解したいと思うようになっていたのだろう。

　娘は毎日、泉へ参る時に笑った。

「前は、あんな小さな姿をとっておられましたのに」

『知らぬ。我は最初からこの姿だ』

　その笑顔が見たくて。口では我は神だ、人になどかかずらってはおられぬと言いつつ、水鏡《すいきょう》をつかって今の娘が必要とするものを知ろうとした。

　昔は好きだったのだからと贈った蛙に、成長し、美しくなった娘に悲鳴を上げられてしまったから――。

2

――今ならわかる。

神としての命が長く、成長がゆっくりである我は、自我を持ったばかりのあの頃は、幼い赤子と変わらなかったのだろう。

力ばかりが大きく、心は未熟なままの、不均衡な存在。

あの頃の我は、己を形作った巫女である娘を、無意識に〈母〉と慕っていたのだと思う。

《……そうであったな。あの頃の我は人をそこまで嫌ってはおらなんだ》

どちらかというと、退屈を紛らわす愉快な生き物たちだと、眺めるのが好きだった気がするの、と、我は龍仁庵のいつもの席に座り、物思いにふける。

と、その時、表の戸を叩く音が聞こえてきた。〈ていきゅうび〉だというのに客だろうか。

郁斗も〈おーなー〉もいない。無視してやろうかと思ったが、不安げな人の子の気配に、妙に胸が騒ぎ、会ってやることにした。

扉を開くと、そこにいたのはあの赤ちゃん猫を拾った〈ちゅうがくせい〉という娘だった。

「あの、郁斗店長は……」

『おらぬ』

答えると、娘は逡巡の後、泣きそうな顔になって帰ろうとする。腕に抱く小さな籠が気になって、我は柄にもなく引き留めた。

『いったいどうした。郁斗はおらぬが我が訴えを聞こう』

「すみません、お、お昼まで元気だったのに、急に起きなくなって、返事もしなくて……」

いきなり娘が泣き出した。しゃくりあげながら訴えるそれがあの赤ん坊猫のことだと気づき、娘が抱く籠をあわてての ぞいてみる。

まるまるとした腹が、規則正しく上下している。……寝ているだけだ。

『何ともない。つかれ、深い眠りに落ちておるだけだ。なんぞ心当たりはないか』

「あ、そういえば」

と、娘が泣き止み眼をこすりつつ言った。

「今日、おばさんたちが従兄弟《いとこ》を連れてこの子を見に来て。皆で可愛いってかまったから」

『それじゃな。幼い内は気力体力とも未成熟故、起きて動く時間が濃く長ければ、その分、休まねばならぬ。これからは猫の体調も考えて相手してやるとよい』

「は、はい、ありがとうございます、龍さん……！」

何度も礼を言いつつ帰っていく娘を見送りつつ、我はまた思い出した。己もまた、神としての未熟故に、加護の力を使った後に眠りにつかねばならぬことがあった、と。

そして、その間のことだった。あの事件が起こったのは――。


――娘とともに暮らし、十年ほどの時が流れた頃だったか。日照りがおこった。

田畑を潤す水どころか、喉の渇きをいやす清水《しみず》すら干上がり、人の世が荒れた。

神である我には神泉が清らかであれば気にならぬ程度であったが、邑人に役立たずと責められる娘を見かねて、人の望むままに雨を降らせ、雲を招いた。

が、重なる加護の力の行使は、まだ幼かった我の神としての身を損ねたらしい。

我は娘が困らぬだけの水を与えると、力を戻すため、しばしの眠りについた。

その眠りのさなかのことだった。

我は眠りにつく前に、娘や老いたその母が困らぬよう念入りに、娘の甕《かめ》を清水で満たしておいた。それを邑人たちが水盗人と言い立てたのだ。巫女でありながら、公平に分配された水をこっそり邑長の元から盗んだのだと。……龍神の加護を受ける娘がそんな真似をする必要などないというのに。

彼らは神の裁定を願うと、娘を泉まで引き立ててきた。

祈っても我が姿を現さぬことに慄《おのの》き、娘が巫女の身でありながら男を通わせたのではないか、そのせいで神が怒りこの地を離れたのではないかと責めた。

そして。神の怒りを鎮めるためだと、これは罰だと、娘に暴行を加えたのだ。

我は娘の声に気づけなかった。

ようやく力が戻り、目を覚ました時、すでに娘は息絶えていた。あまりにむごい折檻《せっかん》の跡に、我は見るなり、意識が飛んだ。荒ぶる神となったのだ。

そして。

気がつくと、我は憎い邑人たちだけでなく、娘の亡骸までをも押し流していた。

何も残っていない。

優しげに我に語りかけた娘の躯《からだ》も、楽しげな囀りで娘とともに我の無聊を慰めてくれた鳥や獣、娘が愛した野山すら。すべてを自分は押し流していた。失って初めて知った。自分がどれだけ娘を慕っていたかということを。

（この地をお守りください）

命を賭して自分に願った娘の想いを無にしてしまった。神と呼ばれ、崇められながら、失った命一つすら元に戻せなかった。

その日、我は己にできないことがあることを知った。

そして怖れた。悔いた。

さらに心を荒ぶらせた我を、近隣の守り神たちが、神域へと封じた。

いや、我の方から乞うたのだ。封じてくれと。これ以上、あの娘の愛した地を荒らしたくなかったから――――。

《――――あの笑顔を見ることが叶わぬようになって、いったい何年の歳月が流れたのか》

今ならあの娘の死が何故に起こったのかはわかる。

郁斗や〈おーなー〉、店を訪れる客たち。それに〈てれび〉で見た人間たち。それらを見て学んだ。

あの娘は、嫉妬をかったのだ。

邑長の娘に。そして弱者であったはずの身が神の加護を得たことで、今まで娘を下に見ていた者たちの妬みをも。

それが我の加護が及ばぬ時に爆発した。そういうことだったのだ。

なんと人は愚かな存在なのか。何故に互いに労りあい生きていくことができぬのか。

ふと、にーにー、という猫の声に我に返る。白い猫が顔をこすりつけていた。

『小雪か』

猫たちの長《おさ》である猫。こんな小さな短い命の生き物だというのに、母の性のままに神であるこちらを気づかい、なぐさめようとする。

『……そうじゃな。今はお前たちがおるの』

小さな体を抱き上げ、その温もりに頬を埋める。もはや数えることすら忘れた、長い年月。

娘は死に、我は自ら神域に己を封じた。

我の知らなかった感覚、それを与えてくれた娘のいない世などにいてもしょうがなかったから。人の世とは違う次元に引きこもった。

だが一度、光と温もりを知った身に一人の闇は孤独すぎて。

まず目を閉ざした。耳を閉ざした。そして心を閉ざした。

我は怖かったのだ。また愛する者を失うのは耐えられない、と。故に誰もいない空間へと己を導いた。もう誰とも関わらずに済むよう、心ごと封じた。最初から知らなければ、別れを哀しく思うこともないと。

そして時は流れた。

長い年月は、若々しく激しい水の流れが深い淵へとたまり沈んでいくように、一時は本気でこの世からすべての人を消し去ろうとしたこの身と心を静めてくれた。そして我の力も薄まり、結界にもほころびが生じたのか、神域に猫たちがやってくるようになった。

再び生じた、温もりのある世界。

我の閉じた心は、猫たちによって開かれた。

そして次に彼らが連れてきたのが郁斗だった。郁斗はこちらに手を伸べ、我を再びこの光あふれる世へと連れ出したのだった────。


────しみじみ考えていると、店の引き戸が勢いよく開いた。

誰かが入ってくる。

「龍神様、すみませんっ」

郁斗だ。突然の帰宅に面食らう間もなく、顔を合わせるなりいきなり頭を下げて謝られた。

「あの、実は俺、図書館行って龍神様のことを調べていたんです」

何？〈としょかん〉とな？

「その、俺にとって龍神様は、文献や昔話にいっぱい出てくる他のいろんな神様とは違って、ただ一人の神様で、だから本当のところを知りたかったっていうか」

何のことかわからぬが、我のことを知るために出かけておったのか。さっきまでむかむかしていた胸の内がすっきりして、逆にふわふわしてくる。

「でも調べてもわからなくて。これからどうアプローチしようか考えても、ぐるぐるするだけで答えが出なくて。だからすみません」

　郁斗が顔を上げる。まっすぐな瞳がこちらを射抜いた。

「龍神様にとって俺はただの大嫌いな人間の一人で、猫の世話係だから加護を与えてるにすぎない奴かもしれませんけど。俺にとって龍神様は恩人で、それだけでなくて、猫たちと一緒にずっとここで暮らしていけたらいいなって思う方なんです。でも、俺、今まで神学とか作法とか学んだことなくて、失礼なことしてしまうかもしれなくて。でもそんなの嫌で、だから……！」

　真剣な顔で、一気に言う。

「龍神様、地雷になるような逆鱗部分、教えてください。俺、きっちり記憶にタグつけて、触れないようにしますからっ」

　あっけにとられた。あまりに真っすぐに想いをぶつけてこられて。

《人の子とは、どうしてこう――》

　郁斗が祠に来た時のことをまた思い出した。差し出された手に導かれるままに人の世に戻ったのは、別に寂しかったからではない。ただ、思ったのだ。

　この手をとれば己が失ったと知ったもの、もう二度と手にできないと後悔したものを再びこの手にできるのではないか、と。

《あの時、この者に感じたものは、間違いではなかったか……》

目の前の郁斗の必死な顔に、あきれつつ聞いてみる。

『……〈じらい〉とはなんじゃ』

「あ。すみません、現代用語でしたね」

あわてて郁斗が説明する。怒りの元と言う意味らしい。さらにあきれた。そんなものをいきなり本人に聞く奴があるか。

『ほんに、人というものは』

愚かで、そして興味深い。

郁斗が戻り、一気ににぎやかになった店の様子が、優しい、温かな手の娘のいた遠い日々を思い出させる。

まだつきんと胸が痛む記憶にふれながら、龍神は想う。

人は愚かだ。そして温かだ。故に我は願う。いや、切に祈る。

もうあのような想いを、痛みを、大切な者たちに味わわせたくはない、と——。

閑話　郁斗と龍神様の禊《みそぎ》の時間

「かー君ー、〈柏餅《かしわもち》〉、鰹節《かつおぶし》だよ、出ておいでー」

耳に切り込みのある白に黒ブチの猫、柏餅は、その名の通り、丸まって寝ていると丸い体が餅そのもの、脇のぶちが柏の葉そのもので命名された、小柄な猫だ。

男の子なのだが臆病で、誰かが来ると引き戸が開くより先に察知、二階へ駆けあがってしまう、お客様センサーでもある。

それでも一応、郁斗にはなついてくれているのだけど。

「はい、捕まえた」

鰹節におびきだされた柏餅を抱っこして、風呂場に連れていく。じたばた暴れるが、こればかりはしかたがない。今夜は柏餅を洗う番なのだ。

犬と違って猫は自分で毛づくろいをしてくれるし、そこまで臭ったりはしない。

だがこれだけの数を飼っているし、客商売なので、こまめなシャンプーは欠かせない。

この作業と爪切り、それに座敷の掃除機かけだけは、猫に嫌われるのを覚悟で、郁斗は悪役に徹することにしている。……猫たちに顔を見て逃げられるのは、正直、寂しいのだけど。

「これでまた三日ほど、柏餅には顔を合わせてもらえないのかあ。なあ、いつもより鰹節多めにあげるから、それで許してくれないかなあ」

言ってみるが、柏餅は、許さない、と耳を伏せてしまう。でもいつも三日で信用を回復してもらえるから、それくらいには信頼関係を結べている、嬉しいと思うべきか。

必死に扉に張りつく柏餅を洗ってドライヤーで乾かして。

これで今日の猫のノルマは終わり。今度は人間の番。

風呂場を洗ってお湯を張りつつ、ふと、座敷で猫ところころしている龍神様を見る。

変な言い方だけど、恩人なのに調べ物と店と猫にかまけて、最近、あまり龍神様とコミュニケーションをとれていなかったなと思う。

(龍神様って猫好きだし炬燵好きだし、温かいの好きっぽいよな……)

声をかけてみる。

「龍神様、お風呂に入ってみませんか」

『誰にものを申しておる。我は水を操る龍神ぞ』

いつも通りの超上から目線で、龍神様が顎を上げる。

『我は日夜、祠にある神泉にて禊をおこなっておる。その我が何故に人の手の入った水などにつからねばならぬ』

そう自慢げな龍神様だが、「違いがわかるか?」と鷹見が持ち込んだ世界各国ミネラルウォーターの利き水にはまっていることを、郁斗は知っている。最近は買い出しのたびに、新しい銘柄があれば買ってくるようにと言われる。

人の手でボトリング、品質管理された水が飲めるなら、人の手を経た水道水のお風呂だって入れるはずだ。

「そう言わないで。入ってみたらきっと気に入りますって。お湯って気持ちいいですよ」

初めて会った頃より強引になったなと思いながらも、郁斗は糸目になって懸命に抵抗する龍神様の袖をひっぱる。

と、どろんっと白い煙が上がった。

思わず手を放し、見てみると。龍神様がとぐろを巻いた龍姿になって、猫のように、フーっと、逆鱗を逆立てていた。

「……すみません、そんなに嫌だったんですか?」

嫌だったらしい。

ぷいと顔を横向けた龍神様は、人型に戻ろうとしない。

きらきら輝く鱗が綺麗で思わず見とれてしまうが、人間臭い部屋の真ん中に神々しい龍体があるのは、視覚的物理的に圧迫感があるだけでなく、けっこうな違和感だ。

(もう今日はこの格好で寝るのかな。一応、コンパクトサイズに抑えてあるみたいだし)

だけど困った。このままでは布団をかけられない。

龍とぐろの直径は正方形の炬燵とほぼ同じ。

だけど高さがあるから、普段使いの布団だと縦長だし、かけてもはみ出してしまう。まだ夜は冷える。このままだと風邪をひいてしまうかもしれない。どうしよう。

郁斗が対策を考えていると、いつも龍神様と一緒に寝ている猫たちが、にーにーいいながら近寄ってきた。神々しいとぐろをものともせず、いつもよりベッドの表面積が増えたとばかりによじ登り、龍神様の上で丸くなる。

……保温はできたようだ。

これなら布団をかけなくても大丈夫。猫布団は最強だ。龍神様も気持ちがいいのだろう。人型ではないから表情がよく読めないが、大きな猫目になった龍神様の眼が、はー、極楽、とでもいうように細められている。

逞《たくま》しい龍体と一緒だと安心できるのか、猫たちもまったりくつろいで嬉しそうだ。さっき二階に駆けあがった柏餅までもが下りてきて、龍とぐろの天辺《てっぺん》に寝そべっている。

(なんか、いそぎんちゃくとクマノミみたいだな)

互いに守り合っている共生関係というか。

龍の種が何かはよくわからない。けれど温かい猫と一緒の姿は自然界の完成形という感じがして、郁斗はとても心が和んだ。

これは一人で見ているのはもったいない。

画像を撮って、後で鷹見にも見せてやろうと思う——。

第五話　春の亡霊と小雪の嫁入り

固く縮こまっていた木々の芽が、ようやくふわりと膨らみ始めた三月半ば。

満面の笑みのシンヤ君が、〈猫茶房　龍仁庵〉を訪れた。

「茂吉、ただいま。迎えに来たよ」

シンヤ君はここ三日ほど、撮影のため出張だったので、茂吉は龍仁庵でお預かりをしていたのだ。

久しぶりに愛猫に会えてうれしいのだろう。シンヤ君の顔は文字通り蕩けそうだ。土産だよと差し出した袋には、美味そうな魚の干物がぎっしり。これがすべて茂吉への土産とは、元保護者として、茂吉が可愛がられているとわかってとても嬉しい。茂吉の方も待ちかねたとばかりにごろごろ喉を鳴らすし、周りの皆は笑みを止められない。

だが一柱だけ。固い顔を崩さない神がいる。

『……凝りもせずまた来たか、この若造が』

氷点下の声で言い放ったのは、不機嫌を隠そうともしない龍神様だ。

『茂吉よ、もうお泊りも飽いたであろう。そろそろこの者のもとへ行くのはやめてはどうだ』

「龍さん、そんなこと言わないでくださいよ。というか、茂吉が帰るのは俺の家で、お泊りしてるのがこっちですから」

舅《しゅうと》根性丸出しの龍神様に少しも動じず、できた婿殿のシンヤ君は「これ、皆さんへのお土産です」と出張先の銘菓の箱を差し出す。

今回は瀬戸内海《せとないかい》まで行ったらしく、お土産は、温かな日差しを浴びて育ったレモンをたっぷり使った名物ケーキ、〈瀬戸田《せとだ》レモン〉だ。前にジャムを作っておすそわけしたことがあるからか、初めて見る柑橘類もたくさん買ってきてくれている。

「じゃあ、俺たち、時間も遅いんでこの辺で。さ、茂吉、帰るぞ」

シンヤ君がキャリーの扉を開ける。賢い茂吉はそこに入れれば新居に帰れると知っている。するりと龍神様の腕から抜け出すと、いそいそと入っていく。扉をくぐる前にシンヤ君に頬ずりするのは忘れない。目の前でラブラブぶりを見せつけられて、龍神様がよろめいた。

『も、茂吉……』

「……おい、どうしたんだ、龍神《あいつ》は。いつもああなのか？」

じゃっかん引き気味で鷹見が言う。

そういえば鷹見は茂吉のお迎えを見るのは初めてだ。

「娘に実家に戻って来いとうるさい父親か、あいつは。里子に出すことには賛成していたんだろう？」

「そうなんだけど。言葉では理解してても、心情面でわかってなかったみたいで」

実際に茂吉がいなくなって初めて、里子に出すということは、もう一緒に暮らせないということだと、実感したらしい。

「で、ああしてだだをこねているわけか」

「茂吉は住んでるのもすぐ隣だしいつでも会いに行けますよ、って言うんだけどね。シンヤ君宅には意地になってるのか絶対行かないって言うし」

「他はともかく、新居に押しかけないところだけは褒めてやる。もう里子に出したんだ、元の家族が入り浸ったら迷惑だろう」

だよなあ。渋い鷹見の顔を見て、郁斗は自分の感覚がおかしくなかったことを確認する。

龍神様の嘆き具合を見ていると、寂しいけれどこれでいいと納得している自分が、茂吉に対して薄情なのかと、ちょっと反省していたのだ。

「茂吉はこうして頻繁にお泊りしてくれるだけましなんだけどね」

「あいつ、ここが里親探しの保護猫カフェってこと、忘れてるんじゃないだろうな。これから先、他に貰い手が見つかったらどうする気だ。本格的に遠くに里子に出せば、たまにメールで画像のやり取りをするくらいしかできなくなるぞ」

そうなると、またあの〈水で押し流す発言〉が出るかもしれない。かなり大変なことになりそうだ。

「里親探しと並行して、龍神様の心のケアもしておいたほうがいいかもなあ」

店長という役職は、いろいろと考えないといけないことがあるんだな、と。

郁斗はため息をついた。

1

都内某所にある〈猫茶房　龍仁庵〉。

ここは猫カフェであると同時に、保護猫カフェでもある、郁斗が店長を務める猫たちのためのお店だ。

良い具合に苔むした飛び石をつたって木の格子戸を開けると、そこは広い土間。

左手には傘立てや荷物をおける棚。右手には縁台のような長椅子の置かれた待合と、猫カフェに入店する際には必須の手洗い場と消毒用アルコールのおかれた一角がある。

この店にはいわゆる血統書付きの猫はいない。もしかしたらいるのかもしれないが、皆、誕生日すらわからない保護猫だ。豊富な猫種が売りの大手猫カフェのようにはいかないが、雑種だらけの猫空間は、それはそれで親しみやすく、郁斗は好きだ。

そんな朝一番の〈猫茶房　龍仁庵〉の喫茶スペースで、一番奥のいつもの席に座った龍神様を前にして、郁斗は記録をとるためにノートパソコンを開いていた。

「では龍神様、よろしくお願いします」

『うむ。今朝も皆、変わりはない。みー君がもっと食べ物が欲しいと訴えておるが』

「いえそれは。前にも返答しましたが、ドクターストップが出るぎりぎりなんで、別のお願いがあれば考慮するという方向でお願いします」

店にいる猫たち、一匹一匹に向かい合う。

茂吉の時に反省したので、郁斗は定期的に、猫の気持ちがわかる龍神様にお願いして、猫たちがストレスをためていないかをチェックすることにしたのだ。

龍神様曰く、猫の言葉がわかるわけではなく、互いの心を通わせて、泡のように湧き出る想いを感じ取っているだけ。神でなくとも持つ力だというが、テレパシーではなく、エンパスという感じだろうか。

どちらにしろそこまで猫の心がわからない郁斗からすれば、とても便利でありがたい。猫を飼ったことのない郁斗がいきなり多頭飼い、それも猫カフェの店長を務めていられるのは、資金面の援助も大きいが、やはり龍神様のこの力のおかげだ。

後、いつもさりげなく皆をまとめてくれる母親猫、小雪の存在も大きい。

「……そういえば小雪っていつも何も要望出さないけど、ストレスとかないのかな」

今日もお行儀よくカウンターに座って客待ちをしている小雪を見る。

邪魔をしてはいけない時間と、首の組紐。逆鱗二つはあるが、小雪はいつも他の猫を優先する優しいお母さん役で、頭もいい。他の猫を押しのけてまで我を通すことはない。しかも責任感が強く、独りぽつんと猫にも触れられずにいる一見客を見ると、率先してすり寄って接待までこなす、完璧な猫だ。

だが完璧だけに、郁斗としては心配なのだ。

（小雪こそ、いろいろ我慢してためこんでるんじゃないか？）

小雪は茂吉と同じく扱いやすい猫で、つい世話を後回しにしやすい。ということはかえって気にしないといけない猫ではなかろうか。

そう考えると他の猫とは少し違う逆鱗の位置も何か事情がありそうで、俄然、気になってくる。

前にオーナーにたずねた時は、

「いい女ほどふれられたくない過去の一つや二つあるものよ。小雪はうち一番のいい女だもの。過去があって当たり前。男がみっともない詮索はおよしなさい」

と、流されてしまった。けれど、それと小雪の語らない要望は別問題だと思う。

「小雪って欲しいものとかないんでしょうか。食べたいものでも、して欲しいことでも」

龍神様を介して探ってもらうが、結果は、ない、だ。他の猫たちはおやつが欲しいや遊んで欲しいなどなど、何かしら願望があるのに。

「小雪、控えめすぎるよ。俺、龍神様からお金預かってるし、お前のこと幸せにしたいのにっ」

ついつい小雪を抱きしめてすりすりしていると、戸の開く音とともに笑い声がした。

「ここはいつも楽しそうねー」

母子そろって店の会員になってくれている漫画家のひよこ、朱里さんの来店だ。

スタッフとしての責任感にあふれた小雪が、郁斗を払いのけてお出迎えに駆けていく。

「久しぶり、小雪ちゃん。あいかわらず美人さんねー。うん、徹夜明けはやっぱりこの店にかぎるわ。今日もゆっくりさせてもらうわね」

「締め切り終わったんですか、朱里さん」

「さっきねー、送ってきた。まずいつもの特製ブレンドお願い。それからお腹にたまるメニューある？　一昨日《おととい》から母さん、友達と温泉旅行に行ってて、一人じゃ何も作る気しなくて飢えきってるの。おかげでプロットははかどったけど」

「……コンビニ弁当でいいから、食べてくださいよ。死にますよ」

彼女への徹夜明けスペシャル、ノンカフェインの蜂蜜入りホットミルクを差し出す。早速匂いにつられて猫たちがやってきた。

「あー、極楽。次は……、この、モーニングお願い。具は日替わりって今日は何？」

「土鍋飯の具は旬の牡蠣、みそ汁の具はこれまた鉄分たっぷり、女性に優しいひじきとほ

「うれん草です」

「わ、助かる、ぜひそれ一つ」

オーナーがお土産よ、と美濃焼きの独り用土鍋を大量に買ってきてくれたので、〈龍仁庵〉では今月から数量限定でモーニングを開始した。具はその日の気分、日替わりだ。

「秋になったら秋刀魚《さんま》飯も出したいなって思ってるんです。七輪で焼いた秋刀魚をまるまる一尾、米にのせて、たっぷりの刻み生姜と一緒に炊くんです。焼き鯛や鯖《さば》でもおいしいですよ。その場合は調味料はシンプルに塩だけで、三つ葉とか葱を添えて」

「おいしそうだけど、どれも魚よね。この店じゃ無理じゃない？」

「……そうでした」

がっかりだ。おいしいのに。

「まあまあ、郁君店長、一度くらいのダメ出しでそんな顔しない。会社じゃこれくらいしょっちゅうだったでしょ」

「そうでした。最近幸せいっぱいで、耐性がさがってるみたいです。ちょっと鍛え直さないと。そういう朱里さんはどうなんですか？」

「フ、安心して。私は現代進行形で鍛えられまくってるわ。会社時代より厳しいくらい。でも今度のプロットは自信あるの。今度こそ直接会っての打ち合わせまでいけると思う。小雪ちゃん、私の招き猫になって、福ちょうだい」

土鍋飯が炊けるのを待つ間に、朱里さんが小雪を捕まえてすりすり頬ずりする。

朱里さんはいかにもできる女性という外見から、大人な女性漫画を描くと思われやすいが、実際に描いているのは骨太迫力格闘技漫画だ。一度、見せてもらって郁斗は絶句した。

「でも招き猫かー。効果あるかな」

「あら、あるわよ。猫って日本でも西洋でもよくオカルト系のモチーフになるもの。魔女の使い魔といえば黒猫だし。色が重要なのかと思いきや、烏は意外なことに東洋じゃ神様の使いなのよね。かといって魔女のお供が黒豚とか黒鼠とか聞いたことないし」

「そういえば黒犬がお供の魔女というのも聞いたことないです」

「日本でも猫又とか化け猫とかいるわよね。火のないところには煙は立たない。それだけ力があると思われてる、ううん、何か根拠があるんじゃって思うのよ。例えば……」

朱里さんがずらずらと古今東西の猫絡みの怪奇譚を語っていく。

さすがは漫画家志望、こういった雑学に詳しい。

が、困った。大切な常連さんだし話に興味をもちたいが、郁斗は体が半分引いている。

龍神様と出会って、郁斗がまずいことになったと思うことが、一つだけある。

幽霊や妖怪のオカルト系が怖くなってしまったのだ。

龍神様と出会う前の郁斗は、超常現象なんて信じない、でもホラー映画は怖い、ごくごく普通の日本人だった。が、今では闇に敏感になってしまっている。

（だって、神様がいるんだよ？）

なら、鬼や妖怪だっているだろうと、悪い意味で実感してしまったのだ。

以来、夜に一人でいると、ちょっとした音にも反応してしまうビビリになってしまった。

恥ずかしいので誰にも言えずにいるが、郁斗の事情を知らない朱里さんはますますヒートアップしていく。

「ところで幽霊っていえば。知ってる？」

お隣のおじさんに聞いたんだけど、と、前おきして身を乗り出してくる。

「この街、今、出るんですって。夜な夜な徘徊する白い影が」

朱里さんはきらきらと眼を輝かせているが、正直、郁斗は聞きたくなかった。

ところがそれから三日後のこと。郁斗は何故か、夜に近所の集会所前で待ち合わせをするはめになっていた。幽霊事件に関わることになったのだ。

「今夜は皆さん、お集まりいただきありがとうございます」

丁寧な自治会長の挨拶が聞こえる。自治会主導の見回りに、龍仁庵を代表して参加することになったからだ。とうとう自治会デビュー、地域に根を下ろしたという感じがする。

普段から子どもの見守りをしているらしきおじいさんが反射板つきのベストをつけて待機している。二十人近く集った他のメンバーも、懐中電灯を手に動きやすい服装で気合満々だ。町の平和はこういう方々に守られている。

郁斗が参加することになった事の起こりは、常連の環さんたちとの会話だった。

「あら、郁君店長も聞いたの、〈さすらいの白い影事件〉のこと？」

いつものメンバーで来店した環さんが、地図を広げつつ言ったのだ。いつの間にか妙な事件名がついている。

「大通りのとこに保育園があるでしょ？　あの横手辺りで最初に見つかったらしいわよ」

保育園の横手？　そこ、俺、たまに通るんですけど。

「この間は、そこの高校裏で、おいでおいでって手を振ってたって」

げ。どんどん店に近づいてきてる。

「つい五日ほど前なんて、この先の通りで見たって人がいるの。私も見てみたいわあ」

……この先の通りって、もう店の目の前じゃん。

目撃証言によると、街灯に浮かび上がるのはぼんやりとした白い影。夜の十時ごろから明け方にかけて不定期に出没するのだとか。ふらふらと街路を歩いていたり、じっと佇んだりしているそうだ。幽霊なのに足があると、妙なところでリアルさがある。

特に人を襲うわけでもないらしいが、それでも害がないわけではなく。

「怖くて駅から一人で帰れないって子や、塾へ行けないって子もいてね。自治会でも問題になって、私たちもウォーキングを兼ねて見回ろうかって言ってるの」

「問題は幽霊じゃなくて、変質者とかだった場合なのよ。私たちみたいなか弱い女の子ばかりじゃ不安なのよねー」

「ここらに住んでる若い男の人って仕事あるし、平日に多少の自由の利く自営業の人って貴重なの。郁斗君も行かない？　地域貢献よ。一緒に見回りしましょ」

……と、そんなわけで、いつも通り断り切れなかった郁斗はここにいる。

だがこれだけの人数なら幽霊も回れ右するだろう。だから安心と思っていたら。

「ここで三手にわかれて、高校の正門前で落ち合いましょうか」

と、会長が言い出した。思わず帰っていいですかと言いたくなった。しかも、

「私も加えて。私だってこの街の住人だし」

何かネタになるかもと、朱里さんまでやってきた。

こうなると男として怖いとは言えない。自治会役員組、子ども見守り隊グループ、など と自然と人がばらけて、郁斗は朱里さんと一緒になった。

グループごとにばらける前に、別メンバーになった環さんが、郁斗君、郁斗君、と手招きしてきた。「ちょっと頼みがあるんだけど」と言われて、なんですか？　と聞く。

「ここじゃちょっと。また店に行った時に言うから」

環さんの顔は暗がりでも真剣だ。なんだか気になる。

そこで会長の声がかかって、皆は動き出した。見回りは夜の十時から一時間ほど。さす

がにこの時間になると、シャッターを下ろした店が多い。

この街は東京の中でもよくテレビや雑誌に取り上げられる、華やかなところだ。が、駅から少し離れると、スーパーや日常の匂いのする店も多い。古きものと新しきものが混じりあい、同居する。それがこの街の、そして東京の良さだと郁斗は思う。

前を行く朱里さんがふり返って言った。

「郁斗君、猫をおいてきて大丈夫？　うちのショコラは母さんが見ててくれるけど」

「あ、大丈夫です。龍さんにお願いしてきましたから」

昼とは違う夜の街並みを観賞しながら、前に向きなおった朱里さんの背を見る。

無造作に羽織ったスプリングコートの肩先で、髪の一部がはねている。

（やっぱり、似てる気がするなあ）

前にも朱里さんの声を聞いた時に思ったけど。会社員時代、なんとなく仲間意識を持っていた、あの女性にイメージが重なる。

その時、郁斗の視界の隅を、ふっと影がよぎった。

「郁斗君、あれ！」

「は、はい」

つい、ぼうっとしていた。郁斗はあわてて懐中電灯をかざすと、影の消えた角を曲がった。後ろには同じグループの町内の皆さんがいる。みっともないところは見せられない。

「待てっ、……って。あれ？　未礼ちゃん？」

威勢よく声をかけて、よく見ると。

そこにいたのは、シンヤ君のファンであるお嬢様だった。

相変わらず間が悪いというか、誤解されやすい体質のままらしい。道の反対側、行く手を別グループの自治会員さんに遮られて、とまどうように立ち尽くしている。彼女が羽織ったベージュのコートが、幽霊じみた白い影に見えたらしい。

あわてて自治会の皆さんに、知っている子だと言って皆に解散してもらう。

「もしかして、シンヤ君に会いたくて来たの？」

聞くと、未礼ちゃんはぷいと顔を背ける。素直に店に行くのは嫌だ。でも近くにはいたい、といったところだろうか。こんな夜に、あいかわらず危なっかしいお嬢様だと思う。

（まさか今までの目撃例も未礼ちゃんじゃないだろうな）

深夜の日付が変わった時刻にも影は目撃されているのだ。危なすぎてとにかくここで解放できない。

「こんな時間だし、家まで送るよ。オーナーに車借りてくる」

未礼ちゃんがぎょっとした顔をする。そりゃこんなよく知らない男がそんなことを言えば余計に怖いだろう。けど、こんな子を一人で帰すのはタクシーを呼んでも心配だ。

幸い、朱里さんが同行すると言ってくれたので、オーナーのやたらと派手なオープンカーを運転しながら善後策を考える。熟考の末、末礼ちゃんを店のバイトに誘ってみた。

「うち、常駐の店員が俺だけだから。こうして外に出るのが難しくって。たまにでいいから入ってくれると助かるんだけど」

最近は龍神様も人社会に溶け込んで人外とばれにくくなってきているし、バイトにくれば自然にシンヤ君に会える。だからこんな危なっかしいことをしなくてすむ。

そう言いたかったのだけど末礼ちゃんは黙ったままだった。人の相手は難しい。


結局、その日は他のグループも何の収穫もなく帰宅した。

幽霊の正体をつかめなかった。つまりまだいるかもしれない。そんな中途半端な恐怖心のおかげで、郁斗はかえって夜回りをする前より、闇が怖くなった。

「うちには神様がいるんだから大丈夫、大丈夫……」

真っ暗な家へ、小さく「ただいま」と言って入って、念入りに戸締りする。

「大丈夫、大丈夫、そういうのって猫は敏感だし、この子たちが騒いでないから大丈夫。というか、龍神様へのお祈りってどう唱えたらいいんだろ。聞いときゃよかった……」

神への加護を願うのに、念仏のようにぶつぶつ大丈夫、大丈夫、とつぶやきつつ、トイレに行き、風呂へ向かう。

ああ、洗面所に鏡なんかつけなければよかった。いや、風呂の戸を曇りガラスにしなければよかった。うっすら向こうの影が透けて見えるところが余計に怖い。

龍神様は薄情にも、もう寝てしまったのか、襖越しに呼んでも答えてくれない。しょうがないので十両前を寝ている猫ベッドごとお守り代わりに脱衣所までひっぱってきて、それからやっと郁斗は風呂に入った。

そしてその夜。案の定、悪夢を見た。

ストレスを感じると郁斗は必ずこの手の夢を見るのだ。

会社時代の夢だ。延々終わらない書類のデータ化、積み重なる追加事項。もうやめて何ヶ月にもなるのに、未だにトラウマは健在らしい。右手が動かない。胸が苦しい。夢の中で必死にもがいて、呻きながらもようやく意識が覚醒する。

が、まだだ。金縛りにあったように体が動かない。

いや、本気の金縛り？　まさかアレをくっつけてきた？　必死になって眼を開けると。

どうだ、という顔をしたみー君が胸の上にいた。

「……ごめん。差別するつもりはないけど、みー君、君がのっかるとしゃれにならない」

ついでに。横を見ると、何故か龍神様までもが郁斗の布団の上に寝っ転がっていた。右腕の腱鞘炎じみたしびれはこのせいか。

「……龍神様？」

声をかけると、龍神様が目をこすりつつ起き上がった。ふと、何か甘味を食したいと目が覚めてみると、郁斗がうなされていたのだそうな。

『こういった夜の騒音はご近所迷惑と嫌われると聞く。故に〈きょうどうけいえいしゃ〉として何とかせねばと近づいたのじゃ。が、口をふさごうと身をかがめたところで、みー君に袖にのられてしまっての』

「あの、それで？」

『みー君はそのまま気持ちよさげに眠ってしまった。けなげな猫の安眠をさまたげるわけにはいかぬ。故にじっとしておったのだが、そのうち我も寝入ったらしい』

「……そういう場合は遠慮なく俺を起こしてくださってけっこうですから。そんな格好で寝られたら、龍神様のほうが風邪をひいてしまわれます」

気の使いどころが違う。

だけど助かった。とりあえず悪夢からは救われた。やはり誰かと暮らすのはいいものだ。郁斗は自分の座所へと戻っていく龍神様を見送ると、カーテンのかかった窓を見た。外はまだ真っ暗だ。

時計が示す時刻は朝の四時。まだ寝ていられる。

が、餌をくれるまでどかないと座りなおすみー君に負けて起き上がる。階下まで行って、皿にドライフードを入れていると、カラカラという音で他の猫も起きてきた。さっそく遊んで、おやつくれ、外に出たい、と皆、好き勝手な要求を出し始める。……独り暮らしでは味わえないうっとおしさだ。

「いや、俺はまだ寝たいんだよ、皆」

春とはいえまだ夜は冷える。なのに足にまとわりつかれて歩けない。布団が遠い。

（うう、温かくなるまでの辛抱）

まだ来ぬ先の季節に想いを馳せつつ、郁斗は猫たちを踏まないよう、なんとかどてらを確保すると、外へ出たいという要求以外を叶えてやった。それでもけっこうな時間がかかる。すべてが終わると外はもう完全に夜明けを迎えていた。

かまって欲しがる猫たちが複数いる家では、夜に布団から離れると今度はいつ戻ってこれるかわからない。きっちり防寒対策をしてからにしよう。

郁斗はまた一つ、多頭飼いの極意を身につけた。

2

『ううむ、今宵は宴じゃな。卓いっぱいの料理。これが〈まんかんぜんせき〉か』

「すみません、ただのたこ焼きパーティーです、龍神様。せっかくの鷹見を招いての宴に、王侯の食卓を用意できなくて申し訳ありません」

いつもの炬燵の上に並んだ皿の数々。

郁斗が店番の合間をぬってせっせと用意したものだ。たこ焼きの具は蒸し蛸と紅ショウガのノーマルなものから、イカ、チーズ、ツナ、ケチャップライスとバラエティ豊かに。デザートとして、ホットケーキミックスの種とフルーツも用意してある。

そして我が家では初登場、オーナーの大阪土産、たこ焼きプレートの出番だ。

今夜は夜回りが多くてキャンセルばかりになっていた、鷹見との夕食会なのだ。

『そなたの料理もよいが、鷹見が来ぬと新しい供え物がなくつまらぬと猫が言っておる』

と、猫に託した龍神様からの苦情が入ったので、今夜は頼んで来てもらった。

せっかく誘うのだから、今日くらい鷹見にはお客様でいてもらおうと、下ごしらえはすべてすませて夜回りに出たのだけど。

「ただいまー、今日も見回り異常なしだった。悪い、すぐ飯、用意するから」

「おー、気にするな。ちょうどホットプレートのスイッチを入れたところだ。手を洗ってうがいしてこい」

帰ってくると、鷹見がエプロン姿でかいがいしく、卓上に具入りの皿を出してくれていた。それを龍神様が興味津々見守って、冒頭の会話となる。

帰った時に家に電気がついていて、食事の支度が始まっている。それがこんなにありがたいとは。

最近、毎晩金縛りにあうので、鷹見は明日は休みだと言っていたし、酒を出してごくごく自然に、危ないから泊っていけよともっていけたら。猫を、特にみー君を分散できるのに、と、密かに図々しい願いを抱いていた身としては良心が痛い。だが。

「龍神様、あなたが酔いつぶれててどうするんです……」

神だというのに妙に幼さの残る龍神様は、いつもビールをお猪口に一杯しか飲めない。今日は郁斗が不在だったので、酒量を知らない鷹見がつい食前酒にと一缶渡してしまったらしい。まだたこ焼きパーティーは始まっていないのに、すっかりできあがっている。

『何を見ておる。罰じゃ。もうひと樽、この〈び～る〉をもってまいれ！』

「ったく、この酔っぱらいが。おい、すまんが空のビール缶に水を入れてきてくれ。この有様だと違いはわからないはずだ」

酔いつぶしてしまった責任感で龍神様の介抱に忙しい鷹見に言われて、郁斗はあわてて立ち上がった。急いで厨房へ行こうとすると、「帰ってきたんだから遊んで、遊んで」と訴える猫たちがすかさずまとわりついてくる。

「うわっ、どうしていつもそう絶妙なタイミングでっ」

猫を踏まないようあわてて足を泳がして、ごんとテレビにぶつかった。迫力の大画面が倒れかかる。

「またか」

片手で龍神様、片手で七十五型を支えた鷹見が、元の位置に直しながら眉をひそめる。

「壁に取り付けるのが構造上無理なら、小さいのに買い換えたらどうだ。このままじゃ、いつかはスプラッタになるぞ」

「そうはいってもなあ。買い換える予算ないし。可愛いんだよ、これ」

言いつつ、とっておきの録画を再生する。動物番組だ。広い空を鳶《とんび》が飛んでいる。

とたんに、猫たちが反応した。

ダッシュで画面に肉薄。前足でてしてし叩きながら集団で右へ左へと駆けめぐる。鷹見が目を丸くした。

「なんだ、これは」

「テレビに出てる鳶をとろうとしてるんだよ。サッカーの試合とかもおもしろいよ。ボールの後を必死に追いかけるんだ。な、見ちゃうと病みつきになるだろ？　これ、大画面ならではの迫力だよ」

他にも手鏡とかで壁に反射光を浮かべて動かしてやると必死に追いかけたりと、うちの猫たちは可愛すぎることをしてくれる。

「鷹見、お前にわかるか、この光景の貴重さが。他に動くものがある生活が。会社でも一人、家に帰っても一人、自分しか動く物がない狭いワンルームにいると、迷い込んできたカメムシとかゴ●ブリにさえ名前をつけて話しかけたくなるんだぞ」

「……お前は独房の囚人か」

鷹見が引くが、龍神様がのってきた。袖を眼にあて、よよよ、と泣き伏す。そういえばこの神様は引きこもり歴が長かった。

『わかるぞよ、わかるぞよ、いいよの、動くものは。動くものは良い』

「ああ、もう、この酔っぱらいが。おい、そんなことより内海、あれを見ろ」

「え？」

「もしかしてあれがお前が言ってた夜回りの原因か？」

鷹見が店舗の喫茶スペースの方を見る。カーテンのない窓の外に、街灯に照らされて、ふらふらとうごめく影があった。

未礼ちゃんじゃない。彼女ならあんな動きはしない。

足の先から頭の先まで。ぼんやりと発光するように白っぽい何かが、ふらふらと店の横の通りを横切っていく。

「あれだっ。龍神様はおとなしく店で待っててください、危ないですからっ」

『うむうむ、任せるがよい』

ほろ酔い気分の龍神様をおいて、鷹見と二人で外へ走り出る。

「あっちだっ」

影を追う。三軒ほど向こうの街灯の下を歩いている。

ふわりふわりと酔客のように左右にゆれながら動く影の歩みは、そんなに速くない。

なのに。

「どこへいった？」

いつの間にか、見失っていた。

あわてて周囲を探るが、そこは住宅地の中のどん詰まり。四方に立つ家はとっくに寝静まっている。動く影はない。

鷹見がぽつりとつぶやいた。

「馬鹿な、本当に幽霊だとでもいうのか？」


「――――で。結局、正体はわからなかったのか」

「なら今夜も頑張るしかないな。孫のためにも必ず捕まえてやる」

郁斗の話を聞いて、近所の御隠居たちが腕を組む。

朝一番の〈猫茶房　龍仁庵〉は、臨時の自警団集合場所になっていた。昨夜の夜回りの反省会と情報交換をおこなっているのだ。

ちなみに昨夜、鷹見が帰った後、郁斗はまたも金縛りに見舞われた。

眼を開けると、今度は龍神様はいなかったが、胸にのっかったみー君の他に、子猫三匹組がみぞおちの辺りで取っ組み合いをやっていて、地味に痛かった。

とにかくこの金縛りの原因はご近所幽霊のプレッシャーだと思う。ビビリ心が反応しているのだ。早くこの件が片付いてくれないと、睡眠不足になってしまう。

だが、おかげで寝不足の胃袋が何を欲しているかはよくわかる。

モーニングの注文が入ったので、厨房で準備をはじめる。つかれたお年寄りが多いので、あっさり白ご飯を一人分ずつ土鍋で炊き上げて、漬物と蜆の味噌汁を添えてみる。白米の甘味と蜆汁の塩分がたまらないはずだ。

そこへからからと戸の開く音がした。

環さんが、おずおずとした老婦人と一緒に入ってくる。

「おや、環ちゃんと林《はやし》さん家《ち》の奥さんじゃないか」

顔見知りなのか、隠居衆が声をかける。環さんがそちらに挨拶しながら、郁斗君、ちょっと、と手招きした。

「こちらうちの隣の林さんの奥様、美智子《みちこ》さん。前に言ってたの、このことなの。体験入会頼めるかしら？　紹介割引とかもあると嬉しいけど」

「あー、それ、設定してませんでした。けど、サービスでドリンクにお代わり付けます。体験後、お手製桜ゼリーを。春から出す新メニューの試作品なんで感想欲しいです」

料金や猫カフェの利用の仕方を説明して、林夫人にはまずは猫カフェ体験をしてもらう。

「つまり、ずっと使うには会員にならないといけないけど。たまにくるなら一見様用のお試しを使えばいいの。難しく考えないで、珈琲一杯でいつまでもねばれる店って考えれば」

環さんが言ってくれるが、いや、そうじゃない。

「ねえ、飲み物、珈琲や紅茶とかだけじゃなくて、ほうじ茶とか日本茶もおかない？」

林夫人が猫とふれあう間、環さんが椅子に座って珈琲を飲みつつ言った。

「今ってお茶ってあんみつとかの甘味につけるだけでしょ？　熱いお茶をメインに、ちょっとしたお茶請けでゆっくりしたい時ってあるのよ」

「あー、それもそうですね。検討してみます」

お茶請けには三河屋《みかわや》の沢庵《たくあん》がいい、いや、たちばなのかりんとうだと意見を出してくる御隠居衆とも話している間に、林夫人は一通り猫たちとふれあったらしい。

「いいわね、ここ。会員になるわ。これからよろしくお願いします」

そう、にこにこしながら言ってくれて、林夫人はその日は一日、環さんが帰った後も猫たちと遊んで和んだ顔になって帰っていった。

それから。翌日も翌日も、林夫人はやってきた。

「私、一人暮らしの年金生活者だから。時間があるのよ」

そう言われたが、ここまで熱心に通ってくれる人は龍仁庵でも珍しい。

小雪のおかげだと思う。林夫人が来るたびに出迎えて、ひっそりと付き添う白い猫の姿が、店の日常風景になりつつあった。もともと小雪は面倒見のいい猫だが、林さんも小雪もおっとり静かに座って外を眺めているだけで満ちたりるタイプで、相性がいいらしい。

「よく考えると小雪は皆のおっかさん、龍仁庵の最高齢猫なんですよね」

郁斗は今日は雨だからと、林夫人の付き添いでやってきた環さんに言った。

小雪はもう子猫三匹組のように遊ぶ年齢ではない。林夫人もお歳を召したゆったりとした人だし、他のお客様のように猫じゃらしを持ち込んだりしない。だから小雪も無理に遊びに誘われることもなく、そういう意味で居心地がいいのかもしれない。

「小雪が林夫人になつくのは、だからなんとなくわかる気がしますけど、林夫人も猫好きなんですね。前に飼われてたことあるんですか？」

「ええ、林さんの奥様ってもともと猫好きよ。ゴロちゃんって猫を飼ってらしたわ。でもね、その猫、去年の秋に車にはねられちゃって」

環さんの顔が曇る。

「その寂しさも癒えないうちに、ついこの間、長患いされてたご主人まで亡くされたのよ。だから今は独り。お子さんたちはそれぞれ独立して別暮らしだし」

環さんは家が隣で、林家の事情をよく知っているそうだ。

「林さんってもともとおっとりしてるけど面倒見がいい、世話焼き体質な人なのよね。それが独りになってしまって。もう四十九日も終わったんだけど、張り合いがなくなったっていうの？　家が静かで怖いそうなのよ」

隣だから気にして見ているが、家の電気が消し忘れたのか一晩中ついていたり、逆にいつまでも真っ暗だったりするらしい。

「余計なお世話かもしれないけど心配で。見かねてここを紹介したのよ。ここって騒がしいから、いると気がまぎれるでしょ」

そう言ってから、「それでね、ここからが本題」と環さんが身を乗り出す。

「ここって確か保護猫カフェ兼務よね？」

「そう、ですけど」

もともと環さんたちに飼い主を見つけろと言われて始めた店だ。

なんだか嫌な予感がする。

「小雪ちゃん、どうかしら。子猫はまだしも、大人の猫ってなかなか貰い手が見つからないでしょ？　その点、林さんなら騒がしい子猫より落ち着いた大人の猫のほうがいいでしょうし、小雪ちゃんもなついてるし。ちょっと真剣にプッシュしてみない？　店としても早く貰い手見つかったほうがいいでしょ」

「それは……」

確かに。茂吉は里親が見つかったが、オープンして二ヶ月になるのに、他はまだだ。かまってかまってとまとわりついてくる猫たちを見ると、早く家族を作ってあげないと、と思う。だが。

「……小雪次第です」

返事をためらってしまったのは、郁斗自身が猫たちに愛着がわいてしまっているからだ。龍神様のことを言えない。それは無理とわかっているけれど、なんなら全員ここで最後まで世話してもいいとさえ思う。それに、

「その、林夫人はお年を召していますから。今さら猫の世話を新たに始めるのはしんどくないですか？　旅行とかにも行きにくくなりますし」

ようやく夫の介護から解放された人なら、自由に生きたいと思うのではないだろうか。そう想像しながら言うと、環さんが、「そうは言うけど、逆にずっと誰かのためにばかり生きてきた人が、急に自由になるのも大変なのよ」と言った。

「定年退職した仕事人間と一緒よ。急に空白ができるから、慣れるまではぽうっとしちゃって。うちも子どもたちが巣立った時、時間がかかったわ。うちはまだ夫がいるから、気がまぎれたけど」

それで引きこもりになったり、老け込む人もいるんだからと言われた。

「それに林さんのお歳で、猫の世話ができるのか、なんて失礼ないい方よ。郁君店長、あなたはもうちょっと女心を勉強しなさい」

環さんにすごまれて、たじたじになる。

「わかりました、前向きに考えます。その、里親のことは互いの意思次第ということで」

仕方なく、郁斗はそう言った。

郁斗のその言葉は、環さんを通してすぐ林夫人につたわったらしい。

「今まではお客様として来ていたから。一緒に暮らしていけるか、家族としての相性をお互いに見てもいいかしら?」

翌日のこと。めんどうをかけるわねえ、と笑いつつ、林夫人がいつもの日傘をくるくる回しながら来店した。さっそく小雪がやってきて、夫人の前へ座る。二人、いや、一人と一匹の間には、長年連れ添った夫婦のような穏やかな空気が流れていた。

それを見ると、郁斗もつまらない自分の私情より小雪の幸せを優先しないと、という気がしてくる。話を聞いて、一緒に見守り始めてくれたオーナーに、そっと言ってみる。

「いい感じですね」

「期待しすぎちゃだめよ、郁君」

「え?」

「相手はあくまでお客様なんだから。ここを楽しむ権利はあっても、猫を引き取る義務はないのよ。店員は冷静に、少し距離をおいて見守ってなさい」

その言葉の通り。

それから数日後。林夫人は、急に店に来なくなったのだ。

「今日も、来られませんねえ」

小雪は一匹だけで、窓辺に座って外を見ていた。林夫人がいつも日傘を回してやってくる方向を。

それで郁斗はわかった。小雪が窓際でくつろぐ時間の意味が。

小雪は待っているのだ。迎えが来るのを。いや、〈家族〉が帰ってくるのを。そして。

小雪の首に巻かれた組紐の意味は。小雪はカイザーと同じなのだ。人の飼い主と愛し愛され、そして別れた。それでもずっと待っている……。

「もう、俺、小雪に感情移入しちゃって、哀しくて」

鼻水をすすりあげると、「馬鹿」とオーナーにおしぼりを差し出された。

「店長のあなたがそんなでどうするの。他の猫たちにも不安が伝染するでしょう」

すみません、と受け取って龍神様の方を見る。

龍神様は無言だった。最近はオーナーや店のお客様ともよく話すようになったし、猫以外にもくつろいだ表情を見せてくれるようになっていたのに、顔が険しい。近寄りがたいのか、常連の環さんたちも遠巻きにしている。

「私、林さんが来なくなった理由、わかる気がする。小雪ちゃん引き取るの、ためらってるのよ。だって介護するために里親になるようなものでしょう?」

場の空気を薙ぎ斬るように、朱里さんが言った。

「私がココアを看たのはたった一日だったけど。それでも母さんがどれだけきつかったかはわかった」

ああ、そういえば朱里さんは。犬のココアちゃんを看取った人だった。

「足腰が弱ってくるとね、犬でも散歩を嫌がるの。飼い主だって十メートル歩くのに何分もかかる散歩に付き合えないって人が多くて。そうなるとあっという間よ。歩けなくなるの」

トイレにもいけなくなって、おむつをつけたりするらしい。

「がりがりにやせ細って。でも大型犬だと骨格が大きいから、体の向きを変えさせるのだけで一苦労で。ずっと同じ向きで放ってると床ずれができちゃうし。痛いものだからずっとうなってるのよ」

うちはアルツハイマーが入ってなかったし、大人しい方だったから、おむつを食い破ったりしなくてそこは助かったけど、と朱里さんは感情を殺した顔で言った。

「もしあそこで帰らなかったら、母さんまでどうにかなってたと思う」

「病院は? そういうの世話してくれないんですか?」

「老いによる衰えは病気じゃないもの。人間だってそうでしょ。ベッドの数は有限。受診した症状が緩和すれば退院をうながされるわ。だって治らないんだもの。筋力をつけて、栄養バランスに気を使って。それでも進行をゆっくりにできるだけよ」

だから、と朱里さんは唇をかみしめた。

「症状が進めば薦められるのは治療じゃなく安楽死。ただ別れの時を先送りにするためだけに、動物を苦痛の中においておくのか、選択を迫られるわ。動物に人間みたいな介護保険はない。お金だって馬鹿にならないから」

命の値段。あなたは〈家族〉にどれだけのお金をかけられますか？

過酷な現状に、郁斗は声が詰まった。

にーにー、と周りの猫たちの声が聞こえる。ここにいる猫たちの大半は貰い手は見つからないだろう。郁斗が最期を看取ることになる。耐えられるだろうか。一人でこの数を。父母二人の時でさえ、立ち直るのに何年もかかったのに。

「郁君店長も保険のこと調べておいた方がいいわ。これだけいると大変だけど、病院によっては対応してない保険業者もあるし、七歳以下しか加入できないって保険もあるから」

それだけ言うと、憎まれ役を買って出た朱里さんは顔をうつむけて店を出ていった。

残された命。人より短い寿命。

実感する。ここにいる猫たちは自分の誕生日を知らない。後、何年、元気な姿を見せてくれるだろう。そして……自分は、いったい幾つの死にたちあうことになるのだろう。

（そういえば、龍神様って何歳なんだろう）

もう千年も。いや、もしかしたらもっと長い時間を生きている神様。

なら、今回の小雪のことはどう思っているのだろう。茂吉の時でもあれだけ騒いだ龍神様だ。小雪は猫たちのリーダー格。一番龍神様とつきあいが深かった。

猫の一匹が、すりりと龍神様の膝に上がって胸元に顔をこすりつけている。それを見て少しだけ龍神様の表情がほころぶ。

不死の神と短い命しか持たないちっぽけな猫。胸がきゅっとなった。

この広い世界でたった一人になってしまったような恐ろしさ。もう愛する者に会えない恐怖。先に逝かれる苦しみを、龍神様はきっと何度も味わっている。

もしかして、だから龍神様は結界に閉じこもっていたのではと、突拍子のない考えがわいた。誰とも会わなければ、別れもないから。

いや、なら、どうして龍神様は今こうして郁斗たちと一緒にいてくれる？

というよりいつまでこうして気まぐれを起こして、こんな疑似家族のような暮らしに付き合ってもらえる？

選択権は龍神様にある。龍神様は神だ。その気になって姿を消してしまえば、無力な人間である郁斗が探すことなど不可能だ。

もう来ない林夫人、それを待つ小雪。その姿に自分たちの未来が重なって。

郁斗は思わず、龍神様に言っていた。

「龍神様もそのうち、どこかへ行っちゃうんです、か……?」

自分だってここにいつまでもいられるわけじゃない。いずれ歳も取るし店をやっていけなくなる日が来るかもしれない。だからこんな質問は卑怯だとわかってる。

だけど問わずにはいられなかった。

龍神様からの返答はなかった。聞こえなかったのかもしれない。小さな声だったから。

しとしとと、外では静かに雨が降り出していた。

3

それからまた数日がたった。今夜は夜の見回りはない。

久しぶりに自由な時間を使えた郁斗は、たまっていた家事や仕事を片付けると、また悪夢を見るのが怖くて、もう少しだけ夜更かしすることにした。

小腹がすいたので、何か食べることにする。

この店を始めてから、郁斗の冷蔵庫はめっきり中身が増えた。

店番の合間に店メニューの試作もふくめていろいろ自作するようになったし、オーナーや鷹見の手土産もあるので、甘い系から辛い系まで、店用だけでなく、自宅用冷蔵庫の中には常に何かがあるという、夢のような毎日になっている。

「だから、気分が落ち込んでいる時は気分転換においしいものを食べるのが一番」

おし、と気合を入れて冷蔵庫を開ける。ああ、選べる幸せ。ずらりと並んだタッパーや瓶詰の数々に、郁斗は自然と顔がほころんでしまう。これがまたコンビニの出来合いではなく、手の込んだ行列のできる店の逸品や、心のこもった手作り品ばかりなのだ。

味の保証はできている。

栄養バランスも良し。完璧だ。いや、贅沢だ。

薄くスライスしたガーリックバゲットをトースターでカリっと焼いて、冷蔵庫から陶器の容器に入れたレバーペーストを出す。

前に鷹見にもらっておいしかったので、自作してみたのだ。

もちろん裏ごしとかやっかいな手順ははぶいた簡易版。それでもシンヤ君のお土産のレモンをきかせたペーストは、素材の味が生きていて、深いコクとかすかな苦みが癖になる。カリカリのスライスバゲットにたっぷりのせて食べることを思うだけで唾がたまる。

今夜はもう店のエスプレッソマシンの類は洗ってしまったので、手抜きのインスタント。

やかんで湯を沸かして、完全に沸騰しきる前にとめる。そして少し高い位置から、勢いよくそそぐ。カップの中で湯が激しく対流し、インスタントだというのに、表面に淡いクレマができる。おいしいインスタントコーヒーをつくる裏技だ。

ちなみに湯を沸かしすぎると泡が出ず、真っ黒な不味い液体になってしまうので要注意。

淹れ終わったコーヒーを手に、火元の確認をして炬燵に潜り込もうとした時、置きっぱなしにしていたスマホが鳴った。

「すぐ来て」

耳にあてるなり、荒い息遣いと、せっぱつまった声がした。

「幽霊よ、今、目の前にいるの」

「朱里さん⁉」

「偶然見つけて。そっちに向かってるから挟み撃ちにしたいのよ、絶対、止めないとっ」

夜道に女の子一人にしておくわけにはいかない。郁斗は龍神様に断ると、コートを手に、あわてて外へ出た。

前に鷹見と白い影を追った時と同じ闇。街灯に照らされた道、灯の消えた家々。そこをふらりふらりと近づいてくる影がある。

「……まさか」

郁斗は思わずつぶやく。勘違いかと思った。朱里さんが追っているのは別の相手だと。

だが違う。すぐ後ろに朱里さんがスマホを手に駆けてくるのが見える。

「郁斗君、止めてっ、ううん、捕まえてっ」

必死な朱里さんの声に導かれるように、郁斗は腕を伸ばす。ふれるなり倒れこんでくる軽い体。意識のないそれを受け止める。

追いついた朱里さんが息を整えながら、大丈夫？　とのぞき込んできた。

「まさか幽霊の正体が林さんだったなんて……」

その声に、郁斗は改めて自分の腕の中にいる人を見る。

白いガウンのようなものをまとった、品の良いご婦人。どこか寂しげな影のある人。

「この前、幽霊を見失ったのは」

……そういえば。あそこは林夫人の家の近くだった。


「ごめんなさいねえ、そんな騒ぎになってるとは知らなくて」

そうなの、私、幽霊と思われてたの、と。

店内に招き入れ、温かいミルクをいれると、意識を取り戻した林夫人が、ぽつりぽつりと話し始めた。

「といってもね、私、何も覚えてないの。家で寝ていたはずで。どうしてこんなところにいるのかしら」

知っているなら教えて欲しい、そんな頼りない顔で、林夫人はこちらを見上げた。パジャマの上に羽織った、オフホワイトのもこもこのガウンの前をかき合わせる。

「こういうのを徘徊というの？　夜になるとぼうっとしちゃって。気がついたら朝になってるの。記憶がないのよ」

環さんに聞いた、一晩中電気がついていたり、消えたままだったりするという林夫人宅のことを思い出した。家が静かで怖いと言っていたという話も。

郁斗は医者ではない。林夫人の症状に明確な答えは出せない。だけどこの無意識の外出が起こるのは夜だけだ。いわゆる徘徊とは違う気がする。

「……もしかして、夢遊病みたいなものじゃないでしょうか？」

有名なアニメで、山が恋しくて夜に邸の中を徘徊する少女が幽霊と間違われたという話があることを思い出した。ここ数年のブランクはあるけど、漫画とアニメを語るのはまかせてという朱里さんに、この間の夜回りの時に教わった。

あらすじを語ると、林夫人は、「まあ、ほんと。私みたい」と淡く微笑んだ。

「気がつくとね、夜になってたり、朝になってたりするのよ。この店に来るようになって少し落ち着いたのだけど」

行くのをやめたらぶり返して。そう言いつつ、林夫人はうつむいてしまった。握り締めた手が細かく震えている。

連絡を受けてやってきた環さんが、林夫人の前にしゃがんで、その手を取った。

「小雪をひきとること、前向きに考えたほうがいいんじゃないかしら。家に他に誰かがいれば、きっと落ち着くわ」

林夫人は一瞬、つらそうに眉をひそめると、表情を殺してうなずいた。

4

『何？　小雪をよそへやるというのか⁉』

翌朝のこと。昨夜の顛末を語って聞かせると、龍神様が怒りだした。

『相手が寂しがっている？　だから小雪を渡すと？　人の都合で小雪を振り回すのか。小雪はもう十分苦しんだ。このうえまた苦痛を味わわせるつもりか』

改めて店にやってきた林夫人の前で、龍神様が吠える。

「龍神様！」

止めようと、郁斗はその体にすがりつく。激した龍神様の心が、郁斗の中になだれこんできた。前の時と同じだ。茂吉が疑われた時と。

純粋故に傷つきやすい、強いが故に脆い、神と崇められたモノの心が、一気に郁斗の中に流れ込んでくる——。

——あの娘と過ごした祠と神泉ごと、結界の中に引きこもり、どれくらいうずくまっていただろう。闇の中にいた龍神は、我は、ふと、気配を感じて顔をあげた。

にゃあ。小さな声が聞こえた。

闇の中に浮かび上がる白い生き物。猫だ。結界のほころびから迷い込んだらしい。

外へ出してやると、猫はまたやって来た。どうやら他の生き物が立ち入れぬここは、猫にとって安全な隠れ家らしい。何度も入ってくるのをまた出してと繰り返し、そのうちめんどうになってほうっていると、白猫は次々と仲間を連れてくるようになった。

柳の木に登ったり、祠の脇で丸くなったり。皆で騒ぎつつ遊ぶ猫たち。

いつの間にか彼らがいることが我の日常となった。

ある日、気まぐれに、久しぶりに人の姿をとってみた。

最初は驚いて飛びのいた猫たちだが、すぐ好奇心いっぱいに近づいてきた。手を伸ばすと、ぺろりと、ざらついた小さな舌で舐められた。

その温もり。

あの時、我は再びこの世界に生まれ出たのだと思う——。

——郁斗の中に流れ込んでくる記憶、それに混じって違う眼から見た光景も混じる。あ、これは小雪だ。龍神様が小雪と心を通わせて得た記憶。小雪の半生。明りすらついていない、暗い部屋の中に小雪はいた。……死んだ老人と一緒に。


ねえ、どうして目を開けないの？

取り残された小さな小雪が鳴いている。動かなくなった老人の傍に座っている。

ねえ、ねえ、起きてよ。

泣きそうな顔で小雪が冷たくなった手に顔を摺り寄せ、動かそうとしている。


ああ、これは小雪が先の飼い主と死に別れた時の記憶だ。

郁斗はあふれる想いに泣きそうになった。

それは龍神様も同じだったのだろう。小雪に感情を引きずられた龍神様の心が前に倍して泣いている。激しい感情の渦に翻弄された龍神様の心が、また雲を呼ぶ。

ぽつりぽつりと、龍仁庵の外を雫の粒が覆う。涙の粒のようだったそれはあっという間に街全体を覆いつくす雨となる。

『小雪を、渡せるものか。またあのような想いをさせてなるものか……！』

龍神様が小雪を抱きしめる。

《寂しい》

泣いている。神の心が、小さな猫を想って泣いている。

《寂しい、寂しい、寂しい、誰もが我をおいていく……》

幼ささえ残る叫び。千年、闇の中に一人でいた龍神様の心からの訴え。郁斗だって龍神様の昔を、小雪の過去を知った今、胸が痛い。だけど。

「……龍神様。小雪に選ばせてやってください」

だって、この店は猫を幸せにするためのもの。だから、

「猫の寿命は短いんです。好きに生きさせてあげてください」

龍神様の顔が歪む。それは今すべきことは何かわかっていて、それでも受け入れたくない幼子の顔だ。郁斗の胸まで痛くなる。

どうしてこの神様は素直に感情を顔に出すのだろう。ここにいる誰よりも年上のはずなのに。……誰よりも多くの命を見送ってきたはずなのに。

龍神様が、郁斗を見上げてつぶやいた。

『また己の情に囚われ、同じ過ちを繰り返すところなのか、我は……』

郁斗の耳に、悔い、しわがれた神の声が聞こえた――。

――龍神は、その金色の瞳で、大いなる神を止めた小さな人間を見た。

非力な、人の間に限っても、お人よしで脆い若者だ。だが神を止める力を持っている。

人が神に祈るのは己の利益を求めて。あの娘でさえ仕える対価に加護を願った。だから何かをして欲しいと思えば、契約という対等な交換の形が当然と思っていた。

他の想いを知らなかったから。無償の何かなど、もう自分に関係ないと思っていたから。

だがこの小さな青年は違った。

加護を得、もう用はないだろうに、毎日、祠までやってきた。そしてその日何をしたか、店の進展具合はどうか、猫たちの様子など、どうでもいいことを生真面目に報告してきた。そして祠を磨き、酒を供え、何故かその前で食事をとった。

小さな羽虫に気を取られるような不快感。

だが無視もできなくて。

めんどうなので姿を現すまいと思っていたのに、ついもう一度、その者の前に出てしまったのは、連日通ってくる相手に根負けしたのかもしれない。

『……そなたは何故、毎夜、ここで食すのだ』

「すみません。でも家に帰っても誰もいないし」

照れたように頬を紅く染めて、青年は言った。

「その、ここなら龍神様もいるから」

いるから、などと不敬な言葉。雷を呼び出し、打ち据えてやっても良かったのに、そうしなかったのは、何故だろう。そのあと続けて、

「あの、ここで食べちゃ駄目ですか……？」

と、途方に暮れた顔で言われたからかもしれない。ついつい人のいう仏心がわいたのだ。

いや、彼がおいしそうに食べる姿に、俗世の食事に興味がわいたのかもしれない。

彼が毎夜持参する四角い折詰に入っているのは、今まで自分が見たこともない奇妙奇天烈なものばかりだったから。

『なんだ、その臭いは。腐っているのではないか』

「え？　ちがいますよ、これはマリネです。ちょっと奮発して買ったイタ飯ですよ」

いためし？　痛いのか、それは。

「龍神様も食べますか？」

あろうことかこの郁斗という青年はにっこり笑うと食べかけの箸で供物を差し出した。

あっけにとられて動けずにいると、

「神様はこういうのは食べないんですね。今度はちゃんと和惣菜、買ってきます」

と、訳のわからないことを気落ちしたように言って、黙々と一人で食べ始めた。今さら、差し出された赤い物体の瑞々しく光る様子に興味がわいたとは言えなくなった。

次の日も次の日も。郁斗はやってきた。我はただ黙って姿を現し、その声を聞いた。

そんなある日、郁斗が言ったのだ。

「龍神様、俺と一緒に来ませんか？」

『何？』

「店の改築が終わったんです。明日から俺、猫たちと一緒に店で暮らします。開店準備とか猫の世話で忙しくなるから、もうここには来にくくなりますし、独りだと寂しいから話相手が欲しいし」

話相手が欲しい？　そんな理由で神を誘うのか。あまりの不敬にさすがに叱りつけようとした時、彼がふにゃっと笑って手を差し伸べた。

「だって龍神様だって寂しいでしょう？　こんな暗いところに一人じゃ。俺、毎日、来てもまだ慣れないですもん」

改めて周りを見る。

力を失ったせいで、陽すら差さぬ空間になり果てた座所。無聊を慰めてくれた小さな生き物たちももういない。皆、〈猫かふぇ〉とやらに出る前に、体調を調べに〈びょういん〉につれていかれたからだ。

そうか、明日からはもう郁斗はこないのか。

急に実感した。そして〈家〉の中に〈保護〉される以上、馴染みの猫たちももうこない。

そんな場所に、居続ける意味はあるのか。

龍神は知らず立ち上がっていた。小さな人間の手を取る。

昼の間、少しだけ〈店〉とやらへ通うだけなら、一緒にいてやってもよい。そう言っていたのが、朝な夕な、入りびたりになるのに長い時を必要とはしなかった――。

《――この男は、寂しい、ということを知っている》
そして、先に逝かれる悲しみも。
そんな郁斗が、それでも選択した小雪の幸せなら――。

小雪を固く抱き留めていた龍神様の手が、そっと離れる。

小雪は少しだけためらうように龍神様を見上げて、その頬をぺろりと舐めると、足を踏み出した。まっすぐに林夫人の元へ向かう。

（選んだんだ、小雪は）

林夫人と生きることを。

それがわかったのだろう。林夫人が、ごめんなさい、ごめんなさい、と小雪に謝る。

「ごめんなさい、ここへ来なくなったりして」

ぽろぽろ泣いていた。こんなに落ち着いた大人の女性が。

「怖かったのよ、またおいていかれるのが」

子供たちが去った家。さあ、老後は二人でと思った矢先にゴロに、夫に死なれた。

「寂しくて寂しくて。友達にペットを飼うことも進められたけど、先に私が死んだらと思うと無責任なことはできなかったの」

そんな時、この店を紹介された。飼わなくても猫とふれあえた。だけど。

「猫の寿命は人より短いのよね。ペットロスって言葉もあるわ。私、またおいていかれるのが怖かったのよ……」

うつむいてしまった林夫人に、郁斗は龍神様の記憶から知った、小雪の過去を語った。

「小雪は、おじいさんと暮らしていたんです」

一人暮らしの老人だった。彼は子猫の小雪と暮らし始めた数年後、死を迎えた。孤独死だった。小雪はずっと付き添っていたのだろう。その隣で衰弱しているところを保護された。

それがトラウマになったのか。以来、小雪は人と暮らすことに敏感になった。保護された家を抜け出し、いつの間にかこの辺りの地域猫のお母さん的存在になっていた。小雪が龍仁庵で暮らすことを承知してくれたのも、他の猫への責任感からだろう。小雪自身は人間の家族が欲しいとは思っていない。

そんな小雪なのに、林夫人にはなついた。

「生きているものはすべて寿命があります。猫の寿命は約二十年。野生の生き物はその半分以下、おっしゃるとおり死と別れは避けて通れません」

だけど、だからといって誰ともかかわらずに生きていくのは寂しい。

「小雪の推定年齢は十五歳。野良だった期間もあるので……後、数年の命です」

林夫人が息をのむ。

「おそらくあなたが小雪を残して先に逝く心配はないでしょう。小雪はまたあの地獄を味わわなくていい。代わりに、あなたはまた誰かを見送ることになります」

売り上げ優先の営業職なら言ってはいけない現実。

だがここなら、〈龍仁庵〉なら言っていい。いや、むしろ言わなくてはならない。求める相手に覚悟をつけさせるために。

どうかここであきらめないで。祈りを込めて、郁斗は林夫人に訴える。

「でも小雪はあなたを選びました」

小雪に、遺された時間を幸せに過ごさせてやって欲しい。必死に眼に、手に、態度にのせて林夫人に全身で願う。

どれくらい時間がたっただろう。

「……小雪」

林夫人がその場にしゃがみこんだ。小雪に手を差し伸べる。

「こんなおばあちゃんのところだけど、来てくれる？　頑張って長生きするから。あなたを一人残していくなんてことしないから」

小雪は小首をかしげるようにして、林夫人の言葉を聞いている。

「その代わり、あなたも精いっぱい生きてね。私にできるだけたくさんの思い出を頂戴」

そうして。

一人と一匹は寄り添いあうように身を寄せた。

看取るためにペットを飼う。過酷な選択をした老婦人の顔は、それでも幸せそうに微笑んでいた。

5

咲き始めた桜の花が、春の陽光の下、寿ぐように揺れている。

淡い紅の花簪、受け入れ態勢が整った林夫人の家へ、小雪がもらわれていくことになった。うららかな日差し、薄紅の花弁、幸せの色に染まった世界が、なんだか嫁入り支度をしているみたいだ。

「たまに里帰りに連れてきてもいいかしら」

「ええ、お待ちしています」

オーナーが店を代表して、林夫人に答える。

相思相愛のカップルが誕生するのを見るのはいいものだ。ここにいる他の猫たちにも早く幸せな出会いがあればいいと思う。

だけどそれは龍仁庵のスタッフにとって家族との別れを意味するのでもあって。

郁斗に龍神様、鷹見やシンヤ君までもが、店に勢ぞろいしている。

「ほら、涙をふきなさい、辛気臭い」

「ず、ずみません……」

小雪の幸せに胸が熱くなっているのか、別れの寂しさに涙が出ているのか、もうぐちゃぐちゃでわからない。

小雪の首にはまだ古びた紅の紐がある。とろうとすると嫌がって、とらせてくれなくて。龍神様に説得してもらい、やっと触ることを許してもらって洗濯を繰り返し、ボロボロになってもつけていた組紐。それに林夫人が触ることを許している。

「これ、私が新しいリボンをつくっていい？　中にこの紐を芯にしていれるから」

今までずっと苦労してきた小雪。この店の始まりから今までをずっと見守っていてくれた最古参猫。最初に郁斗を龍神様の祠まで案内してくれたのも小雪だった。その小雪が巣立っていくんだなあと思うと、もう郁斗は我慢できない。さらに声をあげて泣き始める。

「ちょっと、何、声まで出してるのよ」

「オーナーだって鼻声じゃないですか」

茂吉を連れてわざわざ見送りに来てくれたシンヤ君も、ぼろぼろ泣いている。

「俺、この話、ＳＮＳにのせたいです、感動しました」

「やめて。無責任に引き取るにわか猫ファンが急増しそうだから」

オーナーにすげなく断られたシンヤ君だが、演技ではない涙で目が真っ赤だ。今日ばかりは猫嫌いを自称している鷹見も、黙って何やら耐えている。

「ミッション・クリアだよ、小雪」

幸せになること、生涯の家族を見つけること、それがこの店にいる猫の目標だから。

最後に、店を代表して郁斗は小雪の頭をなでた。

「幸せに」

環さんに付き添われながら、小雪とともにゆっくりと家路をたどる林夫人を見送って。まだ立ち去りがたく、店の前に佇んでいると、龍神様がぽつりと言った。

『……我は、ここにいる』

「え？」

『だから。我はここにおる。そう言っておるのだ。故にそのように泣かずともよい！』

唐突な言葉。

郁斗は最初、何を言われたのかがわからなくて、眼をぱちくりさせて。それから、それが前に自分が龍神様にぶつけた問いの答えなのだと知る。

くすり、と、笑みが漏れた。

龍神様は照れているのだろう。完全に横を向いてしまっている。動揺しすぎたのか、皆には見えない背中の辺りで長い髪がざわざわとうごめきかけていた。

「……はい、龍神様。俺、泣きません。ありがとうございます」

郁斗の涙を止めさせるために出した答え。そんなことを口にするのは、人が嫌いだという主張に反するだろうに、龍神様は言ってくれた。それだけで嬉しい。

嬉しすぎてちょっと悪戯心がおこって。

郁斗はすりっと猫のように、龍神様に身を寄せてみた。無茶苦茶嫌そうな顔をしてよけられた。だけどその仕草すらが気まぐれな猫みたいで。いつものつんつんしているくせに情の濃い龍神様そのものに見えて。郁斗はくすくす笑いを止められなくなった。

どうしよう。龍神様が可愛い。

「龍神様、俺もずっとここにいますから。だから龍神様だっていてくださいよ。どこかへ行ったり大水を出したりしたら駄目ですよ」

『な、何を幼子に諭すように言っておる！　不愉快だ！』

——そんな郁斗と龍神様に店内に戻るようにうながして。

鷹見は少し離れた電柱の影まで歩いていく。本人は隠れているつもりなのだろうが、姿が丸見えのお嬢様がいた。

「おい、ここで何をしている」

「べ、別に。いたら悪いのかしら？　ここって公道でしょ」

「お嬢様しゃべりか。本当にそんな口調で話す奴いるんだな。初めて見た」

「こ、こっちだって、クール天才パティシエなんて恥ずかしい男、初めて見たわよ」

ばちっと鷹見と未礼の間で火花が散った。

「どいて」

「どこへ行く」

「店に決まってるでしょう？　だって私、会員なのよ。あなたと違って」

「あいにくだな。俺もだ」

鷹見がぴらっと紫の会員証をだす。

「何よそれ。色が違うじゃない」

「すまないな、俺はプレミアム会員なんだ」

オーナーが何種類かつくったデザイン違いの会員証試作品、その廃棄分だが、酔った郁斗の字で、『プレミアム』としっかり書かれている。ナンバーはもちろん〈一〉だ。

未礼の顔が羨ましげな朱色に染まった。

「な、なによそれ。私なんか、私なんか、バイトに誘われてるんだからっ」

「あれ、バイトしに来てくれたの？」

新たな声に二人がふり向くと、そこには人畜無害な顔をして郁斗が立っていた。

「ど、どうして、あなたがここに。店に入ったんじゃ……」

「え？　開店準備で暖簾出してたら姿が見えたから。話なら店でしないかって言いに来たんだけど」

目をぱちくりして、それから、にこっと郁斗が笑った。

「ありがとう、未礼ちゃん。小雪がもらわれて、寂しいっていうか落ち込んでたから。新しい人が入ってくれるの、むちゃくちゃ嬉しいよ」

「べ、べ、別にあなたのために来たわけじゃ……」

「わかってるよ、シンヤ君に会うためだろ？　それでもいいから」

真っ赤になった未礼とにこにこ笑っている郁斗を見て、鷹見が「馬鹿か」と天を仰いだ。

そんな彼らの後方、数区画離れたところにある、とある家では。

脱サラして漫画家一本でやっていくことに決めた元ＯＬの姿があった。鏡の前でメイクをしている。今日は久しぶりの打ち合わせで、都心へ行くのだ。

「うー、ばっちり化粧するのも久しぶりだなあ」

スーツも一年も前に買ったものしかない。落ち着いたグレイのパンツスーツ。どこから見てもビジネススーツにしか見えないそれは、自由業になった今はちょっと固いかもしれない。

前よりも伸びた髪をくるりと内に巻きながら、朱里は思った。この格好は、「辞めます」とビルのロビーで上司に啖呵をきって以来だな、と。

しゅっと気合を入れるためにかけた香水が、久々で何だか恥ずかしい。

だけど皆がんばってる。自分も進まないと。

それでも心が疲れてしまった時は。

今の自分には、優しい店長と可愛い猫たちがいる癒しの空間が待っている。いつでもいける贅沢な居場所が。

――猫に人、それに神。いろいろな生が交わるところ。

苦しくても、寂しくても、前に歩いてさえいればいつか出会える愛しい人たち。

時計をちらりと見たオーナーが、ぱんっと手を叩く。

「さあ、湿っぽい時間はもう終わり。頑張って笑顔。営業開始よ！」

「はい、オーナー！」

郁斗は急いで洗面所に駆け込むと、手と顔を洗い、身だしなみをチェックする。いつもの和風シャツに短いエプロンをつけたところで、さっそく、店の引き戸が開く音がした。

カラリ。

お客様の来店だ。

小雪との別離に何か思うところがあったのか、やたらと気合を入れた龍神様が、いつもの席から尊大に顎をあげて言い放った。

『おかえりなさいませ、お嬢様』

「いえ、うち、猫カフェですから」

すかさず郁斗は突っ込む。本当に、どこで覚えてくるんだ、こんなことばかり。

コントのようなやり取りに、ご新規様らしき女性客が、ぷっと噴き出す。そして勇気を得たように入ってきた。

「あの、一人ですけど、こんな早い時間でもいいですか？」

「いらっしゃいませ、もちろん全然平気ですよ。当店は朝は十時から、夜は八時まで営業しております」

猫たちはいちおう夜行性。今の時間、二階の休憩室で寝ている子もいる。

だが人との生活に慣れた猫スタッフの大半は昼でも元気にお客様をお迎えする。つかれた子は座敷奥の壁にある猫用階段や、従業員休憩室にある人間用階段を使ってさっさと二階へ休みに行くし、そのまま店舗スペースで豪快に腹を出して寝る子もいる。皆、自由に、猫カフェスタッフ生活を満喫している。

〈猫茶房　龍仁庵〉は今日も元気だ。そして、今日も願う。

ただ、幸せに。

ここを訪れる人たちが笑顔になって帰れますように。

ただそれだけを願う。大切な相手の死や世間の波、それらを知り臆病になった人や猫たちにも、少しでも長く、温かな時間が続くよう、そしてよい思い出ができるよう。

〈猫茶房　龍仁庵〉は、今日も可愛い猫たちと一緒に、あなたの訪れを待っています。

本書は書き下ろしです。

SH-049

龍仁庵《りゅうじんあん》のおもてなし
龍神《りゅうじん》様《さま》と捨て猫カフェはじめました

2020年2月25日　第一刷発行

著者　藍川《あいかわ》竜樹《たつき》
発行者　日向晶
編集　株式会社メディアソフト
〒110-0016
東京都台東区台東4-27-5
TEL：03-5688-3510（代表）/ FAX：03-5688-3512
http://www.media-soft.biz/
発行　株式会社三交社
〒110-0016
東京都台東区台東4-20-9　大仙柴田ビル2階
TEL：03-5826-4424 / FAX：03-5826-4425
http://www.sanko-sha.com/
印刷　中央精版印刷株式会社
カバーデザイン　柊 椋（I.S.W）
組版　松元千春
編集者　長谷川三希子（株式会社メディアソフト）

ISBN 978-4-8155-3520-9